Jana Frey · Der Kuss meiner Schwester

Jana Frey

Der Kuss meiner Schwester

Eine verbotene Liebe

Für meinen Vater
Thomas Schipke

Diese Geschichte basiert auf wahren Begebenheiten.
Die Namen und Schauplätze sind von der Redaktion geändert.

FSC
Mix
Produktgruppe aus vorbildlich
bewirtschafteten Wäldern und
anderen kontrollierten Herkünften

Zert.-Nr. SGS-COC-1940
www.fsc.org
© 1996 Forest Stewardship Council

ISBN 978-3-7855-6765-4
1. Auflage 2009 als Loewe-Taschenbuch
© 1997 Loewe Verlag GmbH, Bindlach
© Umschlagfoto: Zave Smith/Corbis
Umschlaggestaltung: Christine Retz
Printed in Germany (007)

www.loewe-verlag.de

Januar

Es war mal wieder Silvester.

Jedes Jahr der gleiche Hokuspokus um den Wechsel vom alten Jahr ins neue Jahr. Ich konnte das noch nie besonders gut leiden. Am liebsten würde ich mich jedes Mal wegzaubern, wenn es wieder so weit ist.

In diesem Jahr hatte ich mich schon am frühen Abend in mein Zimmer zurückgezogen und saß dort eine lange Weile allein am Fenster. Ich wartete ergeben auf diese unruhige, kunterbunte, laute und verrückte Nacht, die zweifelsohne kommen würde. Ich zog seufzend meine Knie an, legte meinen Kopf darauf, schloss die Augen und schaute in mich hinein. Dieses Jahr war ich, obwohl ich nicht wusste warum, noch nervöser als sonst.

„Warum bist du bloß so ein Silvestermuffel?", hat mich Mieke vor ein paar Jahren mal, an einem Silvesterabend wie diesem, kopfschüttelnd gefragt.

Ich habe damals eine Weile nachgedacht und dann habe ich ihr gesagt, dass ich das auch nicht so genau wüsste. Ich werde eben einfach immer sehr unruhig und nervös, wenn etwas aufhört, an das ich gewöhnt bin. Und wenn dann stattdessen etwas Neues anfängt, das mir völlig unbekannt ist.

„Verstehst du das, Mieke?", fragte ich schließlich verlegen.

Mieke sagte nicht Ja und nicht Nein. Sie legte stattdessen einfach ihre Arme um meinen Hals und lächelte mir sanft zu, so wie sie es immer schon getan hat, wenn ich Sorgen hatte oder mich einfach mal mies fühlte. Und wenn ich Mieke dann leise zuflüsterte, wie lieb sie mir war, dann streichelte sie mir über das Gesicht. So war das früher.

Ich heiße Martin und bin sechzehn Jahre alt.

Meine Schwester heißt Magdalena und ist auch sechzehn. Ich nenne sie Mieke, was sonst niemand tut. Wir haben einen Vater, bei dem wir wohnen. Unsere Mutter lebt schon lange nicht mehr. Sie ist bei einem Autounfall ums Leben gekommen, da waren wir noch Babys. Sieben Monate alte Babys. Es passierte abends auf einer Schnellstraße, bloß ein paar Hundert Meter von der Wegabzweigung entfernt, die zu unserem Dorf führt. Ein Lkw fuhr gegen unseren klapprigen Citroën und meine Mutter hatte sich nicht angeschnallt, weiß der Himmel, warum sie das nicht getan hat an diesem Abend, sie fuhr sonst nie ohne Sicherheitsgurt. Aber an dem Abend eben nicht. Sie wurde aus dem Wagen geschleudert und war tot.

Ich habe natürlich an all das keine Erinnerung, obwohl es sich tief in mir drin immer ein bisschen so anfühlt, als wäre da was. Ich habe jedenfalls Angst vor dem Autofahren. Wann immer es geht, gehe ich zu Fuß.

Meine Mutter hat aus Magdalena *Mieke* gemacht. Und aus Martin *Mattis*.

Mieke und Mattis. Damals, als sie uns endlich, endlich zu Hause hatte. Wir sind nämlich sogenannte Siebenmonatskinder. Das passiert bei Zwillingen manchmal. Sie kommen einfach viel zu früh auf die Welt.

Klitzeklein und spaghettidünn waren wir, als wir mitten in einer sehr heißen Augustnacht geboren wurden.

Mieke schaffte es trotzdem sofort, allein zu atmen. So ist es mit Mieke immer. Sie ist zäh und schafft die verrücktesten Dinge.

Mich haben sie sehr vorsichtig in einen Brutkasten gebettet und an eine Menge Schläuche gehängt, mir haben sie tagtäglich Infusionen verpasst, mich haben sie mit Argusaugen überwacht, um mich haben meine Eltern gebetet und mich dabei durch einen Handschuh-Griff im Brutkasten gestreichelt, mich haben sie schließlich sogar mit einem Hubschrauber in eine weit entfernte Kinderklinik geflogen, und als sie mich schon fast aufgegeben hatten, als Mieke schon ziemlich zappelig vergnügt in ihrem Wärmebettchen lag, da beschloss ich endlich zu leben.

Vier Monate nach unserer Geburt haben sie Mieke zum ersten Mal neben mich ins Babybett gelegt, nur für den Augenblick eines Zwillingsfotos lang. Mieke wackelte neugierig mit ihrem kleinen Köpfchen, so gut sie es eben schaffte, und unsere Gesichter stießen aneinander. Das Ergebnis dieses ersten Zusammenstoßes zwischen Mieke und mir ist auf dem Foto festgehalten. Mieke brüllt erbost. Und ich brülle erbost zurück.

Das Foto steht auf dem Schreibtisch meines Vaters. Bis heute. *Mieke und Mattis.*

Kurz danach passierte der Autounfall. Mein Vater, er heißt Jost und kommt aus den Niederlanden, wurde daraufhin sehr dünn und ziemlich grauhaarig, und schweigsam wurde er auch. Aber er lehnte es ab, mit uns zu seinen Eltern nach Amsterdam umzusiedeln.

Franz und Annegret, die Eltern meiner Mutter, wollten Mieke und mich sogar adoptieren, aber Jost schüttelte auch zu dieser Idee stur seinen Kopf und sortierte seinen Beruf um Miekes und meine Bedürfnisse herum.

Er wickelte und badete uns, er schnippelte Woche für Woche sehr sanft zwei Paar Babyfingernägel und zwei Paar Babyfußnägel, er kontrollierte Tag für Tag unser Federgewicht, er wiegte und sang und summte uns in den Schlaf, er fütterte mich geduldig Löffel für Löffel mit Sojamilch, weil ich ständig spuckte und außer Soja nichts vertrug. Später hockte er stundenlang auf Spielplätzen und schaute uns lächelnd beim Klettern und Schaukeln und Herumrennen zu. Zu Hause spielte er uns kleine Kaspertheaterstücke vor und brachte uns Klavierspielen bei.

Ich liebe meinen Vater wirklich sehr. Und das tut Mieke auch.

Im Wohnzimmer, gleich neben dem Fenster, hängt eine von Josts weichen, vorsichtigen Kohlezeichnungen. Es ist ein Bild von unserer Mutter, das er damals nach ihrem Tod gemalt hat. Wochenlang hat er, während er sich wie ein Wahnsinniger um uns Kinder kümmerte, Strich für Strich, sehr sanft dieses Bild gemalt. Es ist das einzige Bild von unserer Mutter, das im ganzen Haus zu sehen ist. Natürlich gibt es Fotos, jede Menge Fotos, aber die hat Jost alle in bunten Pappkartons verstaut, manchmal gucken wir sie zusammen an, aber nicht oft, eigentlich genügt uns Josts Bild im Wohnzimmer.

Jost ist Maler und Zeichner. Für Frauen hat er nicht mehr so viel übrig seit dem Unfall unserer Mutter vor fast sechzehn Jahren.

Jedes Jahr, am Datum ihres Todes, steht Jost eine Weile vor dem Bild im Wohnzimmer. Nachdenklich und ernst und vielleicht sogar ein bisschen gereizt steht er da, mit hängenden Armen. Und dann sagt er immer das Gleiche zu uns: „Sie hätte sich, verdammt noch mal, anschnallen sollen. Sie hatte doch Verantwortung. Da wart ihr beiden winzigen Winzlinge und da war unsere verflixt-wundervolle Liebe ..."

Dann dreht Jost sich zu uns um und sagt: „Ich hätte sie wirklich vergnügter malen sollen. Sie war immer sehr vergnügt. Auf dem Bild kommt das nicht rüber, das ist es, was mich ärgert ..."

Auch das sagt er jedes Jahr. Natürlich nicht immer mit genau den gleichen Worten, aber doch so ziemlich. Aber ich mag das Bild trotzdem, so wie es ist.

Es war also kurz nach Mitternacht, das neue Jahr war gerade mal eine knappe Stunde alt. Ich hatte meinen Platz am Fenster schließlich doch verlassen und lag nun, platt wie eine gestrandete Flunder, auf meinem Bett in meinem winzigen Zimmer unter dem Dach. Mieke und Jost waren unten und mit ihnen eine Menge andere Leute, Freunde von Jost, Freundinnen von Mieke. Lauter laute, vergnügte Stimmen tönten aus dem Garten zu mir hoch. Mieke war allerdings nicht draußen. Sie saß am Klavier und spielte, was schön und sanft und friedlich bis zu mir nach oben drang. Ich lauschte mit geschlossenen Augen. Irgendwann gesellte sich Jost zu Mieke am Klavier und mit ihm Josts einziger richtiger Freund, Hans. Die beiden sangen lachend alte Stoneslieder, vermischt mit Werbespots: Merci-schön-dass-es-dich-giiibt und Haribo-macht-Kinder-froh und so was eben.

Hans ist Werbedesigner, ein richtiger Karrieretyp. Wenn man ihn so anschaut, schick und geschniegelt, dann glaubt man gar nicht, dass er mit Jost, graue Zottellocken, verwaschenes Holzfällerhemd, abgewetzte Jeans Marke Uralt und Schafwollringelsocken, etwas anfangen kann. Aber er kann, und Jost liebt Hans, neben Mieke und mir, am meisten auf dieser komplizierten Welt.

Wir haben es Hans zu verdanken, dass wir noch in diesem Haus wohnen können, denn Jost verdient ja nicht so furchtbar viel Geld. Mit seinen Bildern sowieso nicht. Aber er gibt Kurse an der Volkshochschule. In bildender Kunst. Im abstrakten Zeichnen. Manchmal sogar in Linolschnitt. Jost ist kein Erfolgstyp. Aber Hans. Und Hans hat unser Haus gekauft, vor vielen Jahren war das, als der gramgesichtige Gerichtsvollzieher oft genug kopfschüttelnd vor der Tür gestanden hatte und schließlich beschlossen wurde, unser schönes, kleines Häuschen mit dem wilden Garten drum herum zu versteigern.

Mieke und ich waren damals gerade in die Schule gekommen und natürlich bekamen wir die ganze Sache hautnah mit.

„Sind wir ... vielleicht arm?", fragte Mieke Jost eines Abends vorsichtig, als er eben dabei war, uns aus *Puuh, der Bär* vorzulesen. Wir waren mitten im fünften Kapitel, als Ferkel gerade ein Heffalump traf.

Jost zuckte zusammen. Die Zeiten, als er uns vorgeschwindelt hatte, wir wären reich wie die Könige aus dem Morgenland, waren schließlich noch nicht lange vorbei.

„Ein bisschen arm sind wir wohl schon", gab er nach einer kleinen nachdenklichen Weile zu.

„Annegret und Franz sagen, wir wären bloß deswegen arm, weil du nicht die Bohne mit Geld umgehen könntest", fuhr Mieke empört fort. „Stimmt das, Jost?"

„Hör doch auf, so blöd zu fragen", flüsterte ich ärgerlich, weil mir Jost leidtat.

Aber Jost lächelte. „Ein bisschen wahr ist das schon", sagte er seufzend und hob entschuldigend die Schultern.

„Wir sind also arm", murmelte Mieke.

„Tja ...", sagte Jost. „Wahrscheinlich habe ich mir den rundherum falschen Beruf ausgesucht. Mit selbst gemalten Bildern verdient man eben nicht die Welt. Sogar Vincent van Gogh war ein bettelarmer Mann, habt ihr das gewusst, meine Goldspatzen?"

Das hatten wir nicht gewusst. In Josts Arbeitszimmer hingen neben der Tür zur Veranda zwei große Van-Gogh-Drucke, die wir sehr gernhatten.

„Werden sie unser Haus also verkaufen?", fragte Mieke schließlich und kletterte aus dem Bett und auf Josts Schoß.

„Wäre das denn sehr schlimm für euch?", fragte Jost vorsichtig zurück.

„Furchtbar schlimm!", rief Mieke mit zornigen Augen

und dann, ich weiß es noch genau, stand Jost auf, hob Mieke hoch und fragte: „Willst du heute Nacht bei Mattis liegen, Kummerkind? – Ich möchte rasch telefonieren gehen."

Mieke rutschte eilig zu mir unter die Decke und kuschelte sich an mich. Gleich darauf hörten wir Jost im Nebenzimmer telefonieren.

Am nächsten Tag kam Hans. Und er kaufte unser Haus. Einfach so. Wir reden allerdings so gut wie nie davon. Hans möchte das nicht. Wenn Jost kann, zahlt er Hans ein bisschen Miete. Und wenn es eng wird mit dem Geld, dann macht es auch nichts. Manchmal sehen wir Hans monatelang nicht, wenn er in Japan oder Korea oder Amerika herumreist, aber dann kommt er plötzlich wieder und sitzt nächtelang mit Jost im Arbeitszimmer herum und sie reden und reden und reden.

Das neue Jahr war also erst etwas über eine Stunde alt und ganz langsam und allmählich verebbten draußen das Knallen und Blitzen und Lachen und der ganze Lärm eben.

Im Garten war es wieder dunkel und still, irgendjemand zog endlich die Verandatür zu, eine Menge Schritte polterten ins Wohnzimmer hinein, in der Küche wurde ein paarmal die Eisschranktür auf- und zugeschlagen und dann streckte Jost seinen Kopf in mein Zimmer.

„Frohes neues Jahr, Herr Einsiedlerkrebs", sagte er und lehnte sich an meinen Türrahmen.

„Ja, natürlich, auf ein Neues, Jost. Und auf viele verkaufte Jost-van-Leeuwen-Bilder ...", murmelte ich und lächelte meinem Vater zu.

„Willst du nicht doch runterkommen, Mattis?"

„Ich glaube nicht."

„Schade, es ist eigentlich ziemlich lustig da unten."

„Ich bin eben nicht in Stimmung."

„Ach, komm doch, du Silvestermuffel." Jost zwinkerte mir aufmunternd zu. „Hans ist da, er ist direkt aus Rotterdam angereist, um über Silvester bei uns zu sein."

„Ja, ich habe euch bereits singen hören."

Jost grinste ein bisschen verlegen, kam näher und lehnte sich für einen Moment ans Fensterbrett. „Dieses Jahr wirst du schon siebzehn, kaum zu glauben", murmelte er und lächelte mir zu.

„Hast du eigentlich schon eine brauchbare Idee für den Sommer?", fragte er dann.

Ich schüttelte den Kopf.

„Hans hat uns eingeladen, mit ihm nach Schweden zu fahren."

„Warum nicht?", murmelte ich.

„Wir werden es also in Erwägung ziehen", meinte Jost zufrieden und machte sich wieder auf den Weg nach unten zu den anderen.

So ist Jost. Ich kann mich nicht erinnern, dass er sich je von Miekes oder meiner schlechten Laune hätte provozieren lassen. Das ist einerseits natürlich eine große Leistung, aber manchmal nervt es auch unheimlich. Überhaupt ist Jost, soweit ich ihn erlebe, entweder zufrieden und locker oder traurig und depressiv. Wirklich zornig habe ich ihn, glaube ich, noch nie erlebt.

Ich wickelte mich träge in meine Bettdecke und starrte aus dem Fenster. Weit hinten, beim Fernsehturm, zischten noch immer vereinzelte Raketen in den Himmel. Zu hören war natürlich nichts, aber das bunte Licht im schwarzen Himmel sah trotz allem ziemlich schön aus.

„He, Mattis, nun komm schon runter", hörte ich schließlich Hans' vergnügte Stimme von der Treppe.

„Ich mag nicht, verflixt noch mal", fauchte ich düster in die Dunkelheit hinaus.

„Hast du eine Laune, Mannomann", rief Hans lachend zurück. „Was soll denn das für ein Jahr werden, wenn du es so anfängst?"

Dann ließen sie mich endlich in Ruhe. Erleichtert atmete ich auf und verstöpselte mir die Ohren mit lauter Musik.

Komisch nur, dass Mieke gar nicht raufgekommen war. Sie hatte sich den ganzen Abend nicht bei mir blicken lassen. Ein bisschen kränkte mich das schon. Früher hätte Mieke mich nicht einfach so links liegen gelassen. Und an Silvester schon gar nicht.

Die Musik dröhnte mir in die Ohren, eine Uraltaufnahme von Eric Burdon. Ich angelte mir die Fernbedienung meiner Anlage vom Fußboden und tippte den Lautstärkeknopf bis zum oberen Anschlag. Eric Burdon knallte mir durch sämtliche Gehörgänge, aber ich hatte das gerne. Ich habe dann das Gefühl, richtig abgeschnitten von der Außenwelt und trotzdem nicht allein zu sein.

Ich wollte nachdenken. Ich musste nachdenken. Irgendetwas war passiert mit mir. Ich fühlte mich eigenartig in der letzten Zeit. Wie in einer Seifenblase vielleicht, ein bisschen über allen Dingen, aber eben allein und ziemlich verletzbar. Es kam vor, dass ich losheulen musste, mitten in der Nacht, wenn ich wach wurde. Ohne Albtraum, einfach so.

Wir hatten vor den Weihnachtsferien in der Schule einen Aufsatz schreiben sollen, bei einem Vertretungslehrer, weil unser Lateinlehrer krank geworden war, und der Vertretungslehrer erklärte uns, dass er Willi hieße, wir ihn ruhig ganz ungeniert duzen dürften, und dass er sonst Religion, Gesellschaftslehre und Ethik an der Oberstufe unterrichte.

Willi war ein kleines, dürres Männlein. In den Pausen qualmte er wie ein Vulkan selbst gedrehte, unordentliche Zigaretten, einsam und allein für sich in einer Ecke hinter der Schule stehend, weil bei uns in der Mittelstufe, anders als im Oberstufenareal, das Rauchen radikal verboten ist, sogar im Lehrerzimmer.

Und dieses Vertretungsmännlein ließ uns einen Aufsatz darüber schreiben, was uns das Leben lebenswert mache.

„Was ist denn das für ein bekloppter Psychoblödsinn, um Himmels willen?", knurrte Robert, der mein Pult-Co und mein Kumpel ist, ärgerlich.

Der Lehrer lächelte versonnen. „Schreibt einfach mal auf, was euch zu euerm Leben und den Dingen, die euch wichtig sind, einfällt."

Robert zuckte mit den Achseln, murmelte: „Der Typ hat wahrscheinlich irgendwo in seiner religiösen Hirnrinde eine Schraube locker, aber was soll's?", und begann zu schreiben.

Und ich? Ich saß da vor meinem leeren Blatt und bekam nichts aufs Papier. Normalerweise schreibe ich seitenlange Aufsätze, ich mag das richtig gerne, frei was aufzuschreiben, sich von seinen Gedanken wegtragen zu lassen, aber an diesem letzten Mittwoch vor den Weihnachtsferien fing das Sonderbare in mir an, denke ich.

Ich fühlte mich plötzlich leer und ein eiserner Ring Kopfschmerzen legte sich mir rund um den Schädel. Irgendwo, weit hinten in meinem Gehirn sozusagen, fand ich natürlich eine Menge prima Dinge, die mein Leben lebenswert machten. Und das schon seit bald siebzehn Jahren.

Jost, der ein guter Vater war. Und Hans, der für mich zur Familie gehörte. Unsere vielen Feriensommer in Schweden am Meer. Die Dunkelkammer in unserem Keller, wo ich meine eigenen Bilder entwickeln konnte. Die hohe Birke in unserem Garten und mein Geheimplatz im Wald. Dort traf ich mich oft mit Robert und dort redeten wir über alles, was uns beschäftigte. Auch über Mieke hätte ich tausend Sachen aufschreiben können, tausend Sachen, die mich mit ihr verbanden und ohne die ich nicht sein wollte.

Aber ... Vielleicht war es das! Alles, was ich tat und dachte, war irgendwie mit Mieke verknüpft, hing mit Mieke zusammen. Als ob wir zu zweit eins wären. Ein verrückter, komplizierter Gedanke.

Ich schaute mich ärgerlich in der Klasse um. Und die anderen taten, was sie immer tun, wenn sie mal selbst nachdenken sollen, sie schrieben lustlos oder nachdenklich oder mit vor Konzentration gerunzelter Stirn, sie kauten an ihren Kulis oder kippelten auf ihren Stühlen. Die, die gerne schreiben, schrieben, und die, die Aufsätze nicht leiden können, spielten Käsekästchen oder malten wirre Hieroglyphen in ihre Hefte.

Ich schrieb, wie gesagt, sonst immer. Und Mieke schrieb auch immer. Also guckte ich zu Mieke rüber und Mieke schrieb natürlich und schrieb und schrieb. Kein einziges Mal schaute sie hoch, nicht mal, als ich ihr gereizt ein zerknülltes Papierkügelchen an den Rücken schmiss, und auch nicht, als Frederik, der neben ihr saß, seine Hand auf ihr Bein legte.

Frederik mag Mieke sehr, das weiß jeder. Und Mieke hat mir mal anvertraut, dass sie Frederiks Gesicht schön findet.

Aber als Mieke ihre Gedanken über das, was das Leben lebenswert macht, aufschrieb, da hatte sie eben auch keine Zeit für Frederik, der seine Hand sorgfältig auf ihrem Oberschenkel platzierte.

Ich schrieb auch die restliche Stunde kein einziges Wort, und als es klingelte, knüllte ich mein leeres Blatt zusammen und schmiss es in den Müll. Zittrig stand ich da und guckte Mieke zu, die aus ihren Gedanken wieder aufgetaucht war und Zeit für Frederik hatte, mit dem sie in den Hof hinunterging.

Irgendwann in dieser Neujahrsnacht, nachdem ich so lange in die sich im Nachtwind sachte wiegende hohe Birke ge-

15

starrt hatte, bis mir die Augen wehtaten, nahm ich mir fest vor, in diesem funkelnagelneuen Jahr eine ganze Menge Sachen völlig anders zu machen. Dann schlief ich erleichtert ein.

Am anderen Morgen wurde ich früh wach, was kein Wunder war. Schließlich hatte ich den ganzen Silvesterabend und die ganze Silvesternacht in meinem Bett zugebracht. Ich lag da, die Kopfhörer von meiner Anlage immer noch auf den Ohren, in meiner ältesten Jeans und einem T-Shirt, auf dem der Regenbogen von Greenpeace war, *You can't sink a rainbow*, und das Mieke gehörte. Ich fühlte mich müde und zerschlagen. Trotzdem stand ich auf und zerrte mir seufzend die enge Hose von den Beinen. Dann ließ ich mich erleichtert auf meine Fensterbank plumpsen und schaute vorsichtig in den neuen Tag und in das neue, fremde Jahr hinaus. Ziemlich schmuddelig sah es draußen aus. Ein bisschen grauer Schnee klebte noch hier und da auf der Erde und an den Ästen der Bäume, dazu nieselte es und der Wind wirbelte eine Menge trostloses altes Laub aus dem vergangenen Herbst auf. Und wie sah erst unser wilder Garten aus. Kopfschüttelnd betrachtete ich mir die mannigfaltigen Silvesterabfälle, die sich dort häuften: abgebrannte Raketen und traurige, feuchte Luftschlangen. Verflixt, was gab es den Leuten bloß, so viel Geld für solchen Blödsinn hinzublättern und danach einen stillen, friedlichen Garten in eine Müllhalde zu verwandeln? Und das in knapp einer einzigen Stunde.

Ich öffnete mein Fenster und schnupperte in die schwefelige Morgenluft hinaus. *Guten Morgen, schöne Birke.*

Die Schulferien würden zum Glück noch eine ganze Woche dauern. Und Ferien von meinen Sorgen und meinem restlichen Leben hatte ich jetzt auch. Die hatte ich immer, wenn ich hier allein für mich frühmorgens auf meiner Fensterbank saß und es noch so richtig still um mich herum war.

Dann konnte ich, nach Lust und Laune, in meinen Erinnerungen kramen oder mir meine Zukunft ausmalen.

Am Neujahrsmorgen, früh um sieben, dachte ich über Mieke nach. Über Mieke und mich. Ich spulte in meinen Erinnerungen eine Weile herum und stoppte schließlich mitten in einem riesigen Sonnenblumenfeld im flachsten Erdreich zwischen Hamburg und Bremen, am Rande der Lüneburger Heide. Hinter diesem Feld, das zu einer großen Gärtnerei gehörte, lag ein kleines, verschlafenes Dorf und dort wohnen, bis heute, Franz und Annegret, die Eltern meiner Mutter. Sie haben dort einen alten Bauernhof, aber außer einem dicken, behäbigen Hund namens Faustus wohnt dort kein einziges Tier mehr.

Und Mieke, dünn und sehr sommersprossengetupft, mochte schon damals Sonnenblumen lieber als alle anderen Blumen. Also waren wir mit den Fahrrädern ins Sonnenblumenfeld gefahren.

„Wenn die Leute von der Gärtnerei uns hier schon wieder erwischen, gibt es einen Riesenärger", murmelte ich düster und stapfte hinter Mieke her, tief hinein ins grüngelbe Feld.

„Ach was, du Angsthase", rief Mieke lachend und rannte unter den riesigen Sonnenblumen hindurch.

„Franz hat es uns ausdrücklich verboten, hast du das vergessen?"

„Franz verbietet uns so ziemlich alles, was Spaß macht", antwortete Mieke achselzuckend.

„Wir könnten doch zum Supermarkt fahren und uns den neuen Donald Duck kaufen."

„Fahr allein, wenn du unbedingt willst", sagte Mieke und legte sich wohlig auf dem harten, staubigen Boden zurecht und guckte in den Himmel hinein.

Ich setzte mich seufzend neben sie.

Es war heiß hier auf dem Feld, die größten Sonnenblumen

um uns herum begannen schon allmählich zu welken, sie ließen ihre Blütenblätter hängen und bogen sich müde im warmen Wind.

„Mattis?", sagte Mieke nach einer Weile.

„Hm?"

„Hast du gewusst, dass Jost bloß ein Auto gekauft hat, damit er und Mami uns jederzeit ganz schnell im Krankenhaus besuchen konnten, damals als wir gerade geboren waren?"

Ich schüttelte den Kopf.

„Vorher haben sie nur zwei alte, klapprige Fahrräder gehabt."

„Wer hat dir das erzählt?", fragte ich.

„Franz hat mir das erzählt, gestern als wir Milch holen waren. – Und er hat gesagt, wenn Jost das Auto nicht hätte kaufen müssen, wegen uns im Brutkasten, dann hätte Mami auch nicht diesen Unfall gehabt ..."

Wir guckten uns eine ganze Weile stumm an. Mieke kniff die Augen zusammen, weil hinter mir, oben am Himmel, die Sonne durch die hellen Wolken stach.

„Franz hat mal wieder geweint, ein bisschen nur, aber ich habe es gesehen. Du weißt ja, wie er weint. Er weint seufzend und brummend und guckt einen nicht an dabei."

„Annegret redet zum Glück nicht so viel über Mami", knurrte ich gereizt und riss einer großen Sonnenblume wild einen kleinen, dünnen Ableger ab. „Und weinen tut sie auch nicht."

„Leg dich bitte neben mich", sagte Mieke leise und da kuschelte ich mich, so gut es ging, auf dem harten Boden an meine Schwester. Mieke schloss die Augen und schob ihre Hand in meine Hand. Mieke war schon immer wilder und lauter und verrückter und frecher als ich und Franz und Annegret und eigentlich fast alle Leute mit ihrem blödsinnigen Schubladendenken hatten schon mal gesagt, dass Mieke eigentlich ein Junge hätte werden sollen und ich ein Mädchen. Aber etwas an Mieke ist wirklich sehr mädchenhaft. Sie hat kleine, schmale Hände, mit sehr zarten Fingern und einem Handgelenk wie aus Porzellan. Ich habe es sehr gerne, wenn Mieke ihre Hand in meine legt.

„Ich habe dich ziemlich lieb", flüsterte Mieke nach einer Weile.

„Ich habe dich auch lieb", flüsterte ich zurück. Der Boden war warm und die Sonne schien warm und ich legte mein Gesicht zufrieden nah an Miekes Gesicht.

„Fahren wir morgen wieder hierher?", murmelte Mieke.

„Meinetwegen, wenn du es willst", murmelte ich.

„Gut, und dann machen wir morgen einen Umkehrtag, ja? Wir haben schon ewig lange keinen Umkehrtag mehr gemacht."

Aber am nächsten Tag bekam Mieke zum ersten Mal ihre Periode und wir fuhren nicht zu den Sonnenblumen. Und unser Umkehrtag endete schon im Badezimmer, morgens um halb neun.

Mieke war als Erste wach und weckte mich, indem sie sich in mein Bett drängelte.

„He, du schmeißt mich ja raus ...", murmelte ich verschlafen.

„Das ist mein gutes Recht", kicherte Mieke. „Schließlich bin ich Mattis und will jetzt sofort in mein Bett."

So begann ein Umkehrtag immer. Grinsend richtete ich mich auf und wanderte hinüber in Miekes Bett. Ich schlüpfte unter Miekes Bettdecke und legte mir Miekes verbeulten, weichen Schlafschlumpf über das Gesicht. Mieke schläft immer mit diesem Schlumpf auf dem Gesicht.

Irgendwann standen wir auf. Ich schnappte mir ein buntes Mieke-T-Shirt und ein Paar getupfte Mieke-Shorts. Mieke

19

wühlte eine halbe Ewigkeit in meinen Klamotten herum, dann gingen wir ins Bad.

Es war Sommer, wir waren zwölf und Annegret fragte uns, ob wir ein Omelette zum Frühstück haben wollten. Mieke musste wohl oder übel begeistert zustimmen, denn ich liebe nun mal knuspriges Omelette mit gebratenem Speck, aber Mieke frühstückt normalerweise bloß zwei saure Gurken und ein bisschen Tee.

„Oh ja, Omelette ...", rief Mieke seufzend und ich verlangte grinsend nach den dürren Minigürkchen und einem Becher Pfefferminztee.

„Oje, Umkehrtag", murmelte Annegret kopfschüttelnd. „Schon wieder."

Mieke und ich liefen kichernd ins Bad.

„Müsst ihr immer zu zweit ...", rief uns Franz hinterher, der eben mit dem dicken Hund vom Brötchenholen zurückkam.

„Ach, lass die beiden doch", unterbrach ihn Annegret.

„Das Bad ist doch viel zu klein für diese zwei verrückten Kerle und jeden Morgen steht alles unter Wasser, wenn sie da zusammen Blödsinn machen ...", knurrte Franz und deckte lautstark den Frühstückstisch.

Aber an diesem Morgen tobten wir nicht.

„Wollen wir zusammen duschen, Mattis?", fragte ich Mieke liebenswürdig und stieg schon mal in die enge Duschkabine.

„Ich glaube, ich mag nicht, Mattis", murmelte Mieke, die ja heute Mattis war.

„He, ich bin Mieke", verbesserte ich sie und drehte den Wasserhahn bis zum Anschlag auf. Heißes Wasser trommelte auf meine Schultern und meinen Rücken. Ich gab der heißen Dusche einen kleinen Schubs und eine Menge Wasser spritzte aus der Kabine.

„Pass doch auf", beschwerte sich Miekemattis.

„Was hast du denn, zum Teufel?"

„Ich weiß auch nicht, mir ist schwindelig, glaube ich."

„Schwindelig?"

„Ja. Und du machst hier außerdem alles klatschnass ..."

„Na und, trocknet wieder", prustete ich und verschwand nun doch ganz und gar unter dem sprudelnden Wasser. Mieke saß im Schneidersitz auf dem Toilettendeckel und schaute mir zu.

Später schlüpfte ich in Miekes Bademantel und rubbelte mir die Haare trocken. Mieke hatte sich noch nicht mal die Zähne geputzt.

„Mattis, du wirst jede Menge Karies bekommen", prophezeite ich streng und tupfte ihr eine Ladung Glitzerzahnpasta auf die Zahnbürste. „Da, putzen!"

Mieke putzte sich stumm die Zähne und guckte stumm in den Spiegel dabei.

„Mieke, was ist denn los mit dir?", fragte ich schließlich vorsichtig.

„Ich weiß nicht", nuschelte Mieke und spuckte rosa Zahnpastaschaum ins Waschbecken. „Mir ist schlecht und Kopfweh habe ich jetzt auch."

„Bleibt es trotzdem beim Umkehrtag?"

Mieke zuckte mit den Achseln. „Ich muss mal."

„Dann geh pinkeln, das Klo ist doch frei."

Mieke verzog das Gesicht. „Muss das sein, dass du mir zuguckst?"

„Du schmeißt mich raus? Aber wieso denn?"

„Ach, nun mach doch kein Drama draus. Ich will nur mal in Ruhe pinkeln, Mattis."

„Und seit wann genierst du dich vor ..."

„Bitte, Mattis!"

Da ging ich natürlich, aber ich war gekränkt. Natürlich war

21

das albern von mir, aber ich werde eben immer ein bisschen nervös, wenn Mieke mal ihre Ruhe vor mir haben will.

Ich wanderte also allein zum Frühstückstisch.

Annegret schob mir das Gurkenglas zu. „Bitte schön, Magdalena." Sie grinste. Meine Oma war im Grunde schon in Ordnung. Sie verstand eine ganze Menge Spaß. Nur wollte sie halt immer noch sehr gerne, dass Mieke und ich ganz und gar bei ihr und Franz einzogen. Dieser Wunsch ließ sie nie richtig los, glaube ich.

„Ich bin nicht Mieke, ich bin Mattis", knurrte ich gereizt und plumpste auf meinen Mattis-Stuhl. „Kann ich bitte ein Omelette mit viel Speck haben?"

„Was ist denn mit Magdalena, habt ihr euch etwa gestritten?"

Ich schüttelte den Kopf und futterte los wie ein Wilder. „Mieke hat Kopfweh, vielleicht wird sie krank."

„Na, so was", murmelte meine Oma überrascht, schließlich wurde Mieke so gut wie nie krank.

Plötzlich stand meine Schwester in der Tür. „Annegret, komm mal", sagte sie leise.

Die beiden gingen dann zusammen davon, Annegret legte ihren Arm sanft um Miekes Schulter und Franz und ich saßen plötzlich sehr allein am Tisch.

Bis zum Abend wollte Mieke weder mich noch Franz sehen, bloß Annegret und den dicken Hund ließ sie zu sich hinein. Und die Fensterläden, die klappte sie auch felsenfest zu. Mit einem lauten Krachen.

Ich lungerte also allein im Haus und im Garten herum und am späten Nachmittag radelte ich sogar mutterseelenallein zum Sonnenblumenfeld, um eine Sonnenblume für Mieke zu stehlen. Aber daraus wurde nichts, weil zwei mürrische Männer von der Gärtnerei mich schon am Feldrand abfingen und verscheuchten.

Abends, im Bett, tat Mieke, als würde sie schon schlafen, als ich mich hineinschlich.

„Gute Nacht, Mieke", flüsterte ich.

Mieke atmete unruhig.

„Tut mir echt leid, diese blöde Geschichte", murmelte ich.

Mieke drehte sich zur Wand.

„Muss ziemlich eklig sein, kann mir das gar nicht richtig vorstellen ..."

Da begann Mieke zu weinen. „Ich will das nicht haben", flüsterte sie so leise, dass ich es kaum verstehen konnte. „Mir ist das so ... peinlich. Und eklig ist das auch."

Da stand ich auf und kauerte mich neben Miekes Bett auf die Erde. Mit dem Zeigefinger streichelte ich Miekes dünne, kalte Hand. Ungefähr tausendmal. „Mieke, liebe Mieke."

Ich blieb die ganze Nacht neben Miekes Bett sitzen. Am anderen Morgen, als ich auf dem Fußboden zwischen Bett und Nachttisch aufwachte, taten mir sämtliche Knochen weh.

Plötzlich ging die Tür hinter mir auf und Mieke schaute herein.

„Mach das Fenster zu, Mattis. Sonst fällst du raus und bist tot. Gleich am ersten Tag im neuen Jahr und das wäre doch ziemlich ärgerlich."

„Ich habe gerade an dich gedacht."

Mieke lächelte. Ein vertrautes, sanftes Miekelächeln. Sie hat immer noch eine Menge Sommersprossen im Gesicht. Und weiche dunkelblonde Haare, die sich nur ganz unten an den Spitzen ein bisschen ringeln.

„Ich geh jetzt unter die Dusche, musst du vorher noch mal ins Bad?", fragte Mieke und lehnte für einen kleinen Moment ihre Stirn gegen meine Schulter.

Ich atmete tief durch, weil ich mich plötzlich ein bisschen zittrig fühlte, schloss schnell das Fenster, weil es inzwischen eiskalt im Zimmer war, blieb aber steif auf der Fensterbank sitzen. „Warum darf ich eigentlich nie mehr ins Bad rein, wenn du drin bist?", fragte ich leise. „Warum schließt du immer die Tür vor mir ab?"

„He, Mattis", sagte Mieke. „Ich bin eben lieber allein im Bad. Ich ... ich finde, es ist da drin viel zu eng für zwei Leute gleichzeitig."

„So meine ich das nicht", murmelte ich bissig.

Mieke schaute mich an und ihr Gesicht war plötzlich verschlossen und fast ein bisschen gereizt. „Ist ja auch egal, was du meinst", sagte sie achselzuckend. „Ich gehe jetzt jedenfalls duschen. Wenn du also in der Zwischenzeit pinkeln oder kacken musst, kannst du ja in den Garten gehen und dir da ein Loch in den Büschen buddeln."

„Das werde ich tun", rief ich ihr finster hinterher. „Oder ich gehe der Einfachheit halber in die Küche und pinkel dort ins Spülbecken!"

„Igitt, Herr van Leeuwen, Sie sind ja ein wahres Ferkel", sagte Mieke streng und ging davon.

Und dann klopfte ich ein paar Minuten später doch an die Badezimmertür. „Mieke?"

„Was ist?"

„Ein schönes neues Jahr."

„Wie bitte?"

Die Dusche plätscherte laut.

„Nur ein schönes neues Jahr wollte ich dir wünschen. Weil wir uns heute Nacht überhaupt nicht gesehen haben."

„Danke, ich wünsche dir auch ein schönes neues Jahr, du bester Bruder der Welt."

Ich blieb immer noch stehen. „Wer war denn da heute Nacht?", fragte ich vorsichtig.

„Lieber Mattis, können wir nicht später quatschen, meine Gehörgänge sind komplett voll Wasser."

„Sag mir bloß, ob Frederik, der Trottel, letzte Nacht auch hier war", rief ich laut und ungeduldig und hasste die verschlossene Badezimmertür, die mich aussperrte.

„Ja, Frederik war auch da, warum fragst du?", rief Mieke zurück.

„Nur so", murmelte ich und machte mich auf den Weg in die Küche. Als ich an Miekes Zimmer vorbeikam, gab ich dem verkaterten blauen Schlafschlumpf einen solchen Nasenstüber, dass er quer durch das ganze Zimmer bis unter den Schrank flog.

„Mädchen sind die Hölle", murmelte ich wütend vor mich hin und briet mir in der Küche vier Spiegeleier.

Gegen Mittag kam Robert.

„Was hast du heute vor?", fragte er mich atemlos und stiefelte ins Haus hinein. „Elf Minuten, dreißig Sekunden", murmelte er dabei zufrieden, nachdem er einen Blick auf seine Armbanduhr geworfen hatte. „Kein neuer Rekord, aber eine gute Zeit, schließlich sind die Wege heute ziemlich glatt."

Robert ist Megasportler, er macht so ziemlich alles, was anstrengend ist. Mit dem Rad durch die Wälder, mit dem Skateboard durch die vollgestopfte Innenstadt, mit dem Kanu über den Fluss, Tennis im Tenniscenter, Tiefseetauchen mit seinem Stiefvater in den großen Ferien. Und zwischendurch, um im Alltag nicht versehentlich mal einzurosten, joggt er vorsorglich fast jeden Meter, den er zurücklegt.

„Kann ich eben duschen gehen, Kumpel?"

Und dann ging er duschen.

„Komm doch mit ins Bad, Mattis. Dann können wir schon mal losquatschen."

25

Robert war unser Badezimmer eben nicht zu klein für zwei.

Ich hockte mich seufzend auf den Klodeckel und betrachtete meinen sportlichen Freund, der seinen durchtrainierten Körper großzügig mit Miekes Duschlotion türkis-schaumig rieb.

„Also, was werden wir heute machen?", fragte Robert und blinzelte mir zu.

Ich zuckte mit den Achseln.

„Ist das etwa alles, was dir einfällt?"

„Ich bin halt nicht sehr einfallsreich."

„Wir könnten in die Stadt gehen, uns nach Mädchen umsehen."

„Wozu denn das, um Himmels willen?", stotterte ich überrumpelt.

Robert sah mich streng an. „Willst du vielleicht eine alte Jungfer werden?"

Ich schwieg ärgerlich. Das war ein großes Problem an meiner Freundschaft mit Robert. Seit einiger Zeit war er dauernd hinter Mädchen her. Gleich nach seinem Sportfimmel kam sein Weiberfimmel. Er hatte schon jede Menge Freundinnen abgehakt und er hielt mich, ganz klar, für ein bisschen unnormal, weil ich immer noch gänzlich partnerlos durch die Gegend lief.

„Ich bin eben nicht wie du", murmelte ich, als Robert aus der Dusche kletterte und nach meinem Handtuch griff. Er rubbelte sich sorgfältig die Haare trocken.

„Aber es kann doch nicht mit rechten Dingen zugehen, dass es tatsächlich kein einziges Mädchen in dieser Stadt gibt, das dich anmacht, auf das du stehst."

Ich drückte die Klospülung und riss mit einem schnellen Ruck den Deckel vom Spülkasten ab. Ich schaue gern zu, wenn das Wasser gurgelnd aus dem Rohr hervorschießt und

26

langsam im Spülkasten emporsteigt. Kaum war der Kasten voll, drückte ich erneut die Spülung und das Wasser verschwand zischend in der Toilette unter mir.

„Nun hör doch mal auf mit dieser geistlosen Wasserverschwendung, Mister Keuschheitsgelübde", rief Robert und grinste. „Mann, dir muss der Saft doch bis zu den Ohren stehen, das führt eines Tages garantiert zum Wahnsinn, junger Mann. Und dann? Dann muss ich zu deinem kunstambitionierten Herrn Vater gehen und sagen: ‚Bester Jost van Leeuwen, leider muss ich Ihnen mitteilen, dass Ihr Sohn ins Lustdelirium gefallen ist, er verspeist gerade stöhnend Magdalenas Unterwäsche.'"

„He!", fuhr ich auf.

„Na, deine holde Schwester ist doch das einzige weibliche Wesen, das du überhaupt anguckst. Gib es doch zu, Mattis van Leeuwen, deine Schwester ist der einzige Traum deiner schlaflosen Nächte."

„Was soll der Blödsinn, Robert?"

Robert stieg in seine Shorts zurück und erbettelte sich ein frisches T-Shirt bei mir, dann klipste er sich hüftschwingend Miekes kunterbunte Fred-Feuerstein-Ohrringe an die Ohren und wir wanderten in mein Zimmer und verrammelten die Tür.

Wir schmissen uns auf mein Bett, guckten Fernsehen und Video, futterten Smarties und Lakritzschnecken und Joghurtschokolade und ich hörte Robert mit geschlossenen Augen zu, der mir in allen Einzelheiten von seiner neuesten weiblichen Eroberung Bericht erstattete. Später schlichen wir durch das Haus, um Mieke ausfindig zu machen, aber das Einzige, was wir fanden, war eine Notiz auf dem Küchentisch, dass sie in „Frederikbegleitung" außerhäusig unterwegs sei und Jost und ich uns auf einen miekelosen Abend einstellen sollten.

„Mist, dauernd dieser blödsinnige Frederik", murmelte ich ärgerlich.

„Deine Schwester will eben, im Gegensatz zu dir, keine alte Jungfer werden", erklärte Robert zufrieden. „Wäre ja auch zu schade, denn mal abgesehen von ihren schrägen, ausgeflippten Klamotten ist sie ein ziemlich passables weibliches Wesen."

Es ist zwar schwer zu glauben, aber Robert ist wirklich mein bester Freund. Er ist rundherum in Ordnung, auch wenn er in der letzten Zeit ziemlich viel Blödsinn schwätzt und angibt wie Mister Universum. Er hat es auch nicht leicht. Seinen echten Vater hat er noch nie gesehen und sein Stiefvater, den er furchtbar gut leiden kann, wird ihn und seine Mutter eventuell demnächst verlassen, da ist so was im Busch. Robert hat es mal angedeutet, aber er wollte dann doch nicht tiefer darauf eingehen. Im Grunde ist Robert ein sehr sensibler, sanfter Mensch. Er ist nur seit einiger Zeit der Ansicht, dass das zwei ziemlich uncoole Eigenschaften sind, die einem das Leben noch schwerer machen, als es sowieso schon ist.

Robert kann zum Beispiel so gut wie keinen einzigen ordentlichen Krimi zu Ende gucken. Er geht dann dauernd zwischendurch aufs Klo oder eine Cola holen oder mal eine Runde um den Block drehen, weil ihn die Krimispannung ganz elend macht.

Robert ist wirklich ein guter Kumpel.

Als eine Woche später die Schule wieder anfing, hatte Robert die Sache mit dieser scharfen Braut schon wieder hinter sich. Außerdem hatte er schlechte Laune und bat mich, ihn weder nach seinem letzten Wochenende noch nach seinen neuesten Erfahrungen in Sachen Sex und Drogen auszufragen, sonst würde er zwangsläufig Amok laufen, und da ich

nun mal direkt neben ihm säße, wäre ich unweigerlich sein
erstes Opfer. Ich schwieg also, aber ich wusste, Robert
würde nicht lange so wortkarg bleiben. Und ich behielt
recht. Bis zum Ende der ersten Doppelstunde hatte er mir,
teils geflüstert und teils schriftlich auf kleinen Notizzetteln,
den größten Teil seines Lebensleids anvertraut: Begonnen
hatte alles mit einer kleinen Portion Haschisch. Robert und
zwei andere Jungs aus unserer Klasse hatten die Idee, im
Wald auf einem Hochstand einen Joint zu rauchen, mit einer
Menge Ärger bezahlt. Ein Förster auf seinem nächtlichen
Streifgang hatte sie dabei ertappt, wie sie gerade in wilden
Kletteraktionen versuchten, den so nah wirkenden Mond zu
bereisen, und dabei knatterten wie drei ziemlich ramponierte
Raumschiffe Marke Nachkriegszeit.

Konrad, der normalerweise schräg hinter Robert und mir
sitzt, hatte daraufhin zu einem letzten Hechtsprung ange-
setzt, um den Mond doch noch zu erreichen. Leider hat er
sich um eine Kleinigkeit im wahren Abstand zum Mond
getäuscht und ist dabei dem Förster direkt vor die Füße
gefallen wie ein bekiffter Sack Kartoffeln. Jetzt hat er erstens
eine saftige Gehirnerschütterung und zweitens hat er seinem fuchsteufelswilden Vater vorgeschwindelt, der Joint im
Wald sei todsicher eine Idee von Robert und ganz sicher
absolut nicht sein Wunsch gewesen. Er habe, sozusagen nur
dem Gruppenzwang gehorchend, das Haschisch in seine
Lungen inhaliert. Daraufhin hatten Konrads Eltern Robert
offiziell bei der Polizei angezeigt.

Das wiederum führte zu einer körperlichen Züchtigung,
die Roberts Mutter an Robert vornahm, indem sie ihm eine
saftige Ohrfeige erster Klasse verpasste, wobei ihr Ame-
thystring sich in Roberts Haaren verhedderte und Robert
eine Menge Haare plus einen Quadratmillimeter Kopfhaut
abriss.

„Das wird nie mehr nachwachsen, Mattis", murmelte Robert mit Grabesstimme. „Das ist der Grundstein für eine beginnende Glatze. Und das schon mit siebzehn! Ich werde wohl demnächst aussehen wie ein sexbesessener Rentner."

Er seufzte. Und zum bestimmt hundertsten Mal drohte uns unser Lateinprediger mit gepfefferten Sanktionen, wenn wir unsere Flüsterunterhaltung nicht augenblicklich einzustellen gedachten.

Was ist mit deinen neuesten Sexerfahrungen?, schrieb ich in winzigen Buchstaben drängend auf meinen Heftrand.

Robert las es mit zusammengekniffenen Augen und seufzte wieder.

Für Beichten dieser intimen Art bin ich leider zu sehr am Boden zerstört, kritzelte er schließlich geheimnisvoll unter meine Frage und verzog leidend das Gesicht.

Bitte, Robert!, schrieb ich. *Ich platze vor Neugierde.*

Platze bitte nicht jetzt und hier, schrieb Robert grinsend zurück. *Sonst spritzen mir ja deine gesammelten Eingeweide um die Ohren und das wäre doch ziemlich unappetitlich!*

Bitte, Robert. *Was ist passiert in Sachen SEX?*

Also gut, kritzelte Robert seufzend. ... *ich wollte aufs Ganze gehen, mit Lea, du weißt, die Braut von letzter Woche, aber ich habe versagt. Wahrscheinlich bin ich IMPOTENT ...*

Wie bitte???, schrieb ich groß. *Es hat nicht GEKLAPPT?*

Und in diesem Moment schlich sich unser hinterhältiger Lateinprediger leider hinterrücks an uns heran und zog mir mein vollgekritzeltes Lateinheft aus den Händen.

Er las mit gerunzelter Stirn, vielleicht wegen der winzigen Buchstaben, vielleicht wegen des erschütternden Inhalts, oder auch weil wir die Frechheit hatten, Roberts Sex-Sorgen seinen lateinischen Konjunktionen vorzuziehen.

Jedenfalls wurde Robert sehr blass. „Bitte, lesen Sie das jetzt nicht vor", murmelte er eindringlich.

Unser Lateinlehrer verzog keine Miene und legte schließlich lediglich mein Heft zurück auf den Tisch.

„Wird schon werden, junger Mann", war alles, was er zu Robert sagte. „Es ist ja noch nicht aller Tage Abend ..."

Dann kam das Wochenende. Mieke ließ sich von mir fotografieren. Draußen war es in den letzten Tagen warm geworden, es fühlte sich fast so an, als liege der nahende Frühling schon in der Luft.

Jost war mit Hans nach Amsterdam gefahren, weil Josts Mutter, Oma Marijke, ihren achtundsechzigsten Geburtstag feiern wollte, und Mieke und ich waren allein zu Hause geblieben.

„Bei diesem Wetter ist es wirklich schade, dass du nur Schwarz-Weiß-Bilder machst", sagte Mieke und schaute zufrieden in den blassblauen Himmel empor. Dünne weiße Wolken zogen hoch oben über unsere Köpfe hinweg, dazwischen kreisten vergnügte Amseln in ganzen Schwärmen. Ich verschoss zwei ganze Filme und verschwand später damit in meiner engen Dunkelkammer.

„Ich wollte eigentlich Monopoly mit dir spielen", rief mir Mieke hinterher.

„Geht in Ordnung, fang schon mal an", rief ich zurück und verschloss die Tür gründlich hinter mir, bevor ich die Rotlichtlampe anknipste.

„Welche Farbe willst du?", rief Mieke.

„Grün, wie immer", rief ich zurück und machte mich daran, die Negativstreifen zu entwickeln.

„Du bist leider direkt in den Knast gewandert, Trottelkopf", rief Mieke ein paar Minuten später.

„So ein Mist", rief ich freundlich zurück.

„Willst du eventuell den Nordbahnhof kaufen?", rief Mieke.

„Klar", brüllte ich und zog mir meine Schutzhandschuhe an.

„Was ist mit der Parkstraße, die hast du doch so gerne, du bist gerade drauf gekommen?"

„Kann ich mir die denn schon leisten?", rief ich nach oben.

„Natürlich noch nicht", rief Mieke hinterhältig. „Aber du könntest ja einen klitzekleinen Kredit aufnehmen."

„Du willst mich nur ruinieren, Magdalena van Leeuwen", brüllte ich lachend nach oben.

„Ich habe übrigens den Südbahnhof gekauft und du bist schon wieder im Gefängnis, vielleicht bist du ja ein Terrorist, du Knastbruder."

Ich schaute mir die ersten Negative im Vergrößerer an.

Schöne Mieke. Schöne, schöne Mieke.

„Wann kommst du denn endlich, Mattis?", rief Mieke irgendwann ungeduldig.

„Ein bisschen dauert es noch", rief ich zurück.

„Was?"

„Ich habe gesagt, ein bisschen Zeit brauche ich noch."

„Na gut, dann werde ich jetzt mal ein Haus bauen, Mattis."

„Auf welcher Straße?"

„Auf der Turmstraße."

„Okay."

„Zack, du bist schon drauf gekommen, Pechvogel. Ich buche dir mal die Miete ab. Ist noch nicht so sehr viel, allerdings wirst du dafür schon ein paar Schulden bei der Bank machen müssen."

„Was, ich bin schon pleite?"

„Tja, du lungerst ja dauernd im Knast rum, da macht man halt nicht so viele Mäuse ..."

Schöne Mieke.

Ich starrte auf den leuchtenden Vergrößerer und tastete im Dunkeln nach einem größerformatigen Fotopapier. Mieke heute früh in Josts Bademantel. Lächelnd beugte sie sich vor und zeigte dem knipsenden Fotoapparat einen vergnügten Kussmund. Fred Feuerstein baumelte grinsend an ihrem linken Ohr. Und Obelix plus Hinkelstein an ihrem rechten. Verrückte, liebe Mieke ...

Ich blinzelte angespannt auf das Bild und beschäftigte mich eine längere Weile mit der Scharfeinstellung. Da, neben dem Schatten, den die Morgensonne durch mein kleines Dachfenster scheinen ließ, war die Silhouette von Miekes kleiner Brust zu erkennen. Meine Finger zitterten ein bisschen, dann belichtete ich das Bild. Schöne Mieke. Ihre weichen Zottelhaare lagen auf ihren Schultern, die in Josts ausgebeultem altem Bademantel steckten. Sogar ein paar winzige Sommersprossen in Miekes Gesicht waren zu erkennen, Wintersommersprossen. Im Sommer wurden es dann mehr und mehr.

Ich vergrößerte das Bild dreimal und trug die drei Fotos vorsichtig, als wären sie zerbrechlich, zum Entwicklerbecken. Sie glitten hintereinander hinein und ich fuhr mit den Fingerspitzen leicht über das glatte Fotopapier und guckte gespannt zu, wie Mieke unter meinen Fingern entstand. Als die Bilder gleich darauf im Fixierbad schwammen, ließ ich mich benommen auf meinen wackeligen Arbeitsstuhl fallen. Ich zog mir die dünnen Gummihandschuhe von den Fingern und fuhr mir über die heiße Stirn. Ich hatte plötzlich das Gefühl, losheulen zu müssen, und fühlte mich bleischwer.

Frederik. Ich dachte an Frederik.

Frederik mit dem schönen Gesicht.

Frederik, mit dem Mieke dauernd durch die Gegend zog.

Frederik, der mir Mieke wegnahm. Meine Mieke. Alles an

Mieke, was ich so gut kannte und was mir so vertraut war, durfte plötzlich Frederik haben. Ansehen. Und vielleicht sogar anfassen.

Anfassen ...

„Mensch, Mattis, bist du vielleicht gestorben da drin?", hörte ich plötzlich Miekes ungeduldige Stimme hinter der Tür. „Ich habe dich schon ungefähr tausendmal gerufen. Hast du einen Kollaps oder was, sind dir die Chemikalien zu Kopf gestiegen?"

„Was?", stotterte ich leise.

Mieke klopfte an die verschlossene Tür. „Ich habe schon zwei Hotels und sechs Häuser gekauft, du hast Probleme mit dem Bezahlen. Ich könnte dir einen guten Preis für deinen Bahnhof machen. Was ist, wollen wir verhandeln?"

Zitterbeinig stand ich in der roten Dunkelheit herum. Alles um mich herum kam mir konturenlos und verschwommen vor, vielleicht hatte ich für heute wirklich genug von dieser Chemieluft um mich herum. In Windeseile verstaute ich den Fotokram und riss das schwarz verklebte Fenster auf. Laue Januarluft wehte mir entgegen. Mir wurde schwindelig. Mit den drei Miekebildern in der Hand stand ich einen kurzen Augenblick lang einfach so da, dann drehte ich den Schlüssel im Türschloss vorsichtig herum.

„Na endlich", sagte Mieke. „Da bist du wieder."

„Hier, ich habe nicht viel gemacht."

„Was, nur drei Bilder?"

Ich nickte und stand mit hängenden Armen vor meiner Schwester.

Mieke guckte sich dreimal die gleiche Aufnahme an. „Nur dieses eine Bild und das gleich dreimal?"

Ich nickte wieder.

„Wie ein Elefant sehe ich da drauf aus", stellte Mieke achselzuckend fest. „Warum hast du es dreimal abgezogen, um Himmels willen? – In Josts Mantel sollte ich lieber nicht mehr rumlaufen, ist nicht besonders vorteilhaft."

„Ich finde es schön."

„Tatsächlich?"

„Ja."

Mieke lächelte. „Du bist ziemlich verdreht, Mattis. Aber das warst du ja schon immer."

Da drängte ich mich an Mieke vorbei und schoss die Treppe nach oben. *Wenn du wüsstest, wie verdreht ich in Wirklichkeit bin, Mieke ...*

Ich verbarrikadierte mich in meinem Zimmer und hockte bis zum Abend auf meiner Fensterbank herum. Ferien von der Wirklichkeit.

Bloß, was war die Wirklichkeit? Mein Zimmer war durchflutet von Musik. Bob Marley, Simon & Garfunkel, Kiss und eine Menge mehr. Mein Kopf war auch durchflutet. Ich presste meine Stirn gegen die kalte Fensterscheibe und wusste nicht, was mit mir los war.

Ein paarmal klopfte Mieke an die Tür. Sie fragte mich besorgt, was passiert war. Sie garantierte mir einen baldigen, irreparablen Hörschaden. Sie drohte mir, bei nächster Gelegenheit meine gesamte Anlage in die Luft zu sprengen. Sie teilte mir mit, dass sie sich langweile. Sie befand, dass ich mich rundherum verändert habe. Sie richtete mir drei ungeduldige Anrufe von Robert aus, der um baldigen Rückruf gebeten habe.

Und dann berichtete sie mir, dass Frederik angerufen habe und sie sich jetzt auf den Weg ins Kino mache, einen Ernst-Lubitsch-Film mit Frederik angucken.

Inzwischen war es Abend. Ich fühlte mich hundeelend und hatte zu nichts Lust. Also fiel ich in mein Bett, zog mir die Decke über den Kopf und schlief ein.

Februar

Im Februar begann der Frühling. Und zwar Hals über Kopf. Die graue Nässe verschwand, wie durch Zauberei, von einem Tag auf den anderen.

Mieke stand vor ihrem Kleiderschrank und schlüpfte in eine bunt gesprenkelte Hose. Ich lag schon eine Weile auf der Lauer, mit meinem Fotoapparat und mit Zitterhänden. Aber, zack, ich hatte das Bild, das ich haben wollte, im Kasten. Mieke, von hinten, mit nacktem Oberkörper in der verrückten Sternenhose.

„He, lass das, Mattis", rief Mieke und fuhr herum.

Da knipste ich vor Schreck ein zweites Bild, das ganz sicher komplett verwackelt sein würde.

„Mensch, du verflixter Spion", fauchte Mieke. „Du führst dich ja auf wie ein fieser, hinterhältiger Paparazzo."

„Tut mir leid", murmelte ich. „Ich wollte dich natürlich nicht erschrecken."

Mieke schlüpfte ärgerlich in ein weites graues Hemd, das früher Jost gehört hatte und das mit einer Menge bunter Farbkleckse, die zu Josts abstrakter Acrylfarbepoche gehörten, gesprenkelt war. „Du versuchst tatsächlich, mich nackt vor die Linse zu kriegen, und hinterher wirst du die fertigen Bilder Robert vor die Nase halten und ihr werdet euch einen Ast lachen, ich kenne euch zwei Trottelköpfe doch", murmelte sie unfreundlich.

Mensch, Mieke, du scheinst mich überhaupt nicht mehr zu kennen ...

„Sag mal, hast du für Physik gelernt?", fragte ich schnell, um sie auf andere Gedanken zu bringen, und legte die Kamera zur Seite.

Mieke nickte mit gerunzelter Stirn und stieg in ihre riesigen schwarzen Soldatenstiefel.

„Wirst du mir eventuell einen Spickzettel zukommen lassen?"

Mieke nickte wieder und wir verließen zusammen das Haus. Jost saß schon wieder oder immer noch hinter seiner Staffelei und winkte uns freundlich hinterher. Sein Gesicht war vom Kohlestift in seiner Hand grau verschmiert und seinem erschöpften Ausdruck nach war er die ganze Nacht wach gewesen.

Auf der aufgespannten Leinwand hatte er mit festen tiefschwarzen und schnellen Strichen einen schallend lachenden Frauenkopf gemalt.

Verwundert schüttelte ich den Kopf, es war lange her, dass Jost ein Frauengesicht zu Papier gebracht hatte. Aber wenigstens war die Zeichnung nicht weich und vorsichtig und langsam. Denn das hätte mich vielleicht beunruhigt.

Mieke und ich liefen nebeneinander die Straße entlang. Die Sonne schien schon warm und eine Menge Vögel waren unterwegs.

„Morgen nehme ich das Fahrrad. Und du?", fragte Mieke versöhnlich.

„Hm", machte ich und lächelte Mieke zu. Heute Mittag würde ich meinen Film entwickeln, ich wurde unruhig bei dem Gedanken, wie lange der Vormittag bis dahin sein würde.

„Wie viele Farben die Welt hat, wenn die Sonne scheint", murmelte Mieke.

Ich wäre gerne mit Mieke Hand in Hand gegangen, so wie früher. Aber das ging natürlich nicht mehr.

„Ist das Frederik, der da vorne geht?", rief Mieke plötzlich und kniff die Augen zusammen.

„Ja."

„Oh", sagte Mieke und zog mich am Arm. „Komm, wir holen ihn ein, Mattis."

„Oh nein", murmelte ich.

„Du bist ja bloß zu faul", rief Mieke und rannte los. „Warte, Frederik, warte!"

„Schade", murmelte ich und behielt meinen Schritt bei. Mir war nicht nach Rennen. Und nach Frederik war mir auch nicht. Ich fühlte mich plötzlich sehr allein. Mieke wurde kleiner und kleiner, sie war schon vorne bei der großen Kreuzung, als sie Frederik einholte. Frederik war natürlich stehen geblieben und er freute sich, dass Mieke seinetwegen rannte, ganz klar, er freute sich. Denn er hob seine Hand und berührte für einen Moment Miekes Schulter, es sah fast so aus, als streichle er sie. Dann gingen sie zusammen weiter.

Ich blieb stehen, sollten sie die blöde Physikarbeit ruhig ohne mich schreiben, sollte Mieke ruhig einen ganzen Vormittag Ruhe von ihrem blödsinnigen Bruder haben, sollte Frederik seinen Spaß mit Mieke haben.

Ich drehte mich um und ging nach Hause.

Jost war vor seiner Staffelei eingeschlafen. Das passiert ihm öfter, wenn er die ganze Nacht wie ein Besessener gearbeitet hat. Wie es Jost fertigbringt, auf seinem Zeichenstuhl zu schlafen, den Oberkörper an die staubige Leinwand gelehnt, wird mir immer ein Rätsel bleiben. Ich schaute ihm eine Weile zu, Josts zufriedenes, entspanntes Gesicht, die lachende, ein bisschen verwischte Frau auf seinem Bild, eine halb leere Weinflasche auf dem Fensterbrett neben dem Van-Gogh-Bild, der volle Aschenbecher auf dem Fußboden und der laufende CD-Player, in dessen Innerem in einer Endlosschleife Mozarts Oper *Die Hochzeit des Figaro* spielte. Ich schaltete die Anlage vorsichtig ab, trug den stinkenden Aschenbecher in die Küche, leerte ihn aus und dann deckte ich Jost mit einer weichen Decke sorgfältig zu.

„Danke, danke, mein bester Sohn", murmelte Jost verschlafen und ich bin mir ganz sicher, dass Jost nicht begriff,
dass er sich gerade bei seinem schuleschwänzenden Sohn
bedankt hatte. Und davon, dass dieser Sohn jetzt gleich
hinunter in den Keller schleichen würde, um einen noch fast
leeren Film aus dem Apparat zu nehmen und zu entwickeln,
bloß weil zwei Bilder von seiner eigenen Schwester mit
nacktem Oberkörper dabei sein würden, wahrscheinlich unscharf bis zur Unkenntlichkeit, davon wusste Jost zum
Glück auch nichts.

„Schlaf dich aus, Jost", flüsterte ich sanft.

„Das werde ich", murmelte Jost.

„Willst du dich nicht lieber ins Bett legen?" Ich betrachtete
mir besorgt Josts komplizierte Schlafposition und überlegte
mir, welche Knochen er sich wohl brechen könnte, wenn
er von seinem Hocker fiele. Ein paar Rippen bestimmt.
Oder am Ende das Schlüsselbein.

„Nein, ich liege ganz und gar wunderbar ...", beteuerte
Jost da und schnarchte schon wieder.

Da machte ich mich achselzuckend aus dem Staub und
verbarrikadierte mich in meiner Dunkelkammer.

Robert auf meinem Bett beim Lesen. Robert mit viel
Schaum nackt unter unserer Dusche. Jost von hinten kon-
zentriert an seiner Staffelei. Die kahle, dünne Birke vor
meinem Fenster. Vier gelungene Aufnahmen von gestern
und vorgestern. Ich schob die Fotos ins Fixierbad und
machte mich an die zwei letzten Bilder.

Miekes nackter Rücken vor dem hellen Fenster. Ich zog
das Bild fünfmal ab, einfach weil ich so gerne damit arbeitete.
Ich belichtete Miekes helle Haut bis an die äußerste Grenze,
die Konturen verschwammen. Ich ließ Miekes Rücken geheimnisvoll dunkel und das weiße Licht aus dem kleinen

Fenster schob Miekes schmale Taille geisterhaft in einen scharfgestochenen Vordergrund.

Ich trug die belichteten Fotopapiere wie zerbrechliche Kostbarkeiten ins Entwicklerbad und fuhr wieder, obwohl ich mich über meine Albernheit ein bisschen ärgerte, mit den Fingern sanft über das glatte Papier, während Miekes Rücken sich vor meinen zusammengekniffenen Augen entwickelte.

Dann ging ich aufgeregt an die andere Aufnahme. Ich vergrößerte das Negativ und grau und körnig und ganz und gar unscharf hatte ich Miekes empörtes Gesicht und ihren nackten Oberkörper vor mir. Ich saß eine Weile einfach bloß so da und starrte auf den summenden Vergrößerer und auf das Bild, das er mir da zeigte. Schließlich knipste ich sogar das rote Licht meiner Arbeitslampe aus und saß im Stockdunklen, allein mit Mieke, die man kaum erkennen konnte, und Miekes Körper, den man kaum besser sah. Ich versuchte gar nicht erst, mehr Schärfe in die Aufnahme zu bekommen, weil ich einsah, dass das nicht klappen würde. Aber das war auch nicht nötig. Ich saß einfach still da und spürte, wie mein Körper verrücktspielte. Irgendwann sprang ich auf, schlug die Hände vors Gesicht und wanderte stöhnend in der engen Dunkelheit herum. Wie ein gefangenes Tier kam ich mir vor. Ich hätte heulen können oder schreien, aber Jost war ja da, gerade über mir in seinem Zimmer, kaum zwei Meter von mir entfernt. Ich hielt mir den Mund zu und biss mir in die Handfläche.

Draußen vor dem Fenster zwitscherten ein paar Vögel, ich schlug mit der Faust auf die Arbeitsplatte, der Tisch bebte, das Negativ verrutschte und ich tat etwas, was ich noch nie getan hatte. Ich dachte an Mieke, Mieke, Mieke, während ich mich selbst befriedigte und dabei weinte.

Es war schon spät, fast schon Abend, als Mieke nach Hause kam. Und mit ihr kamen Frederik und Tamara, eine Freundin von Mieke, und Helena, Miekes beste Freundin.

Ich saß stumm in meinem Zimmer vor dem Fernseher und guckte Woody Allens *Innenleben*.

Mieke klopfte kurz an und guckte dann zur Tür herein.

„Ich bin wieder da, Mattis ..."

„Hallo", antwortete ich knapp.

„Warum bist du nicht in die Schule gekommen? Ich habe doch gesagt, dass ich dir bei der Physikarbeit helfe."

„Ich habe es mir anders überlegt. Ich bin nach Hause gegangen und habe Fotos entwickelt."

Mieke lächelte. „Die von heute Morgen, deine Paparazzobilder?"

„Ja", sagte ich und guckte in den Fernseher.

„Und, wo sind sie? Zeig mal her."

„Sie sind nichts geworden, sie sind verwackelt."

„Ach so", sagte Mieke.

Wir schauten uns ein bisschen nachdenklich und ein bisschen distanziert und ein bisschen verwirrt an.

„Wo ist übrigens Jost?", erkundigte sich Mieke dann. „Sein Rad steht vor dem Haus, aber ich habe ihn noch nirgends entdecken können. In seinem Arbeitszimmer ist er jedenfalls nicht."

Ich zog die Augenbrauen hoch und hatte plötzlich Kopfschmerzen. „Er ist, glaube ich, im Garten. Dahin ist er jedenfalls vorhin gegangen, zusammen mit so einer Frau ..."

„Einer Frau?", fragte Mieke verwundert. „Was für eine Frau denn, um Himmels willen?"

Ich seufzte und stellte Woody Allen auf Videopause. „Na, eine Frau halt. Ich habe sie nicht nach ihrem Namen gefragt. Eine junge Frau, glaube ich. Wahrscheinlich eine Studentin."

„Hm", machte Mieke. Und hm dachte auch ich.

Hinter Mieke tauchten Tamaras und Helenas Gesichter auf.

„Hallo, Mattis", rief Helena. „Komm doch auch runter, wir spielen gleich so ein verrücktes Psychospiel, ziemlich lustig soll das sein."

Ich verzog das Gesicht.

„Frederik hat auch Sekt mitgebracht", erklärte Tamara.

Ich zuckte zusammen. Aber ich stand auf und schaltete den Fernseher aus. Dann holte ich tief Luft, steckte meine bebenden Hände in die Hosentaschen und schlenderte hinter den Mädchen nach unten.

Das Leben war eben eine beschissene Angelegenheit. Mir war speiübel und ich hockte mich mit den anderen an den großen Tisch im Wohnzimmer.

„Hi, Mattis", sagte Frederik und lächelte mir zu.

Ich sagte ebenfalls Hallo und starrte auf die Tischplatte. Mieke setzte sich neben mich und Frederik entkorkte die erste Sektflasche. Das Spielfeld, das Tamara vor uns ausbreitete, war kunterbunt und beherbergte eine Menge Fragekarten und Plastikutensilien. Jedem von uns schob sie ein verrücktes Plastiksofa zu. Dann wurden wir alle zu Therapeuten und Therapierten und mussten eine Menge statistischer Psychofragen beantworten. Dazu kamen, ab und zu, ein paar persönliche Fragen zu unserer Person, bei der wir uns gegenseitig genau unter die Lupe nehmen konnten und unsere geheimsten Wünsche aufs Tapet bringen sollten.

Wir stießen mit unzähligen Gläsern Sekt an, auf eine gelungene Physikarbeit, auf den Weltfrieden, auf eine Jost-van-Leeuwen-Ausstellung im Guggenheim-Museum und auf was weiß ich.

Einmal kam Jost rein und erzählte etwas über zu viel Alkohol in heranwachsenden Teenagerkörpern, einmal verabschiedete sich diese Frau, mit der Jost im Garten gewesen war, hundertmal schaute Frederik Mieke verliebt an, zweimal verschüttete Tamara ihren Sekt, einmal berührten sich Helenas und meine Finger, als wir beide nach derselben Tafel Schokolade griffen, und irgendwann wurde ich gefragt, welches Mädchen in dieser Runde mir schlaflose Nächte bereite.

Frederik schob mir, den Regeln des Spiels entsprechend, grinsend einen kleinen Notizblock zu und ich sollte jetzt Tamaras oder Helenas Namen daraufkritzeln, denn das waren ja für mich alle verfügbaren Mädchen dieser beschwipsten Runde. Mieke durfte es ja für mich und meine Nächte nicht geben. Mieke war ja meine Schwester. Mieke war tabu. Punktum.

Ich musste also Tamara oder Helena aufschreiben und die Runde durfte dann erraten, für wen ich mich entschieden hatte. Und entweder Tamara oder Helena konnten dann kichern oder verlegen werden oder sich freuen.

Mir wurde schwindelig und ich hielt mich krampfhaft an dem winzigen Bleistift in meiner Hand fest.

„Nun schreib schon", rief Tamara ungeduldig.

„He, Mattis, schläfst du?", rief Frederik und rüttelte mich am Arm.

Mieke sagte nichts, sie zog bloß eine Augenbraue hoch und schaute mich an. Helena sagte auch nichts, sie schaute mich auch nicht an, sie futterte bloß wie eine Wilde die Tafel Schokolade, bei der wir uns versehentlich berührt hatten.

„Ich muss nachdenken", murmelte ich.

Helena war Miekes Freundin seit der ersten Klasse. Sie war nett und lustig und genauso dünn wie Mieke. Ich hatte Helena gerne, keine Frage. Und sie trug genauso verrückte Klamotten wie Mieke, ich hätte fast laut gelacht, wenn ich daran dachte, wie leicht und einfach das Leben doch sein könnte im Grunde. Helena und Mattis. Mattis und Helena.

Ich schrieb Helena auf den kleinen Block, sechs erleichterte Buchstaben.

Komisch war, dass sie alle rieten, ich hätte Tamaras Namen aufgeschrieben. Frederik war sich seiner Sache ganz sicher, Mieke schaute mich sonderbar an, aber sie stimmte Frederik schnell zu. Tamara stritt natürlich alles ab und ich griff verlegen nach dem allerletzten Stück Schokolade, das noch übrig geblieben war von Helenas Tafel, aber Helenas Hände waren nicht mehr an der Tafel in diesem Augenblick.

„Helena, ich habe Helena aufgeschrieben", gab ich vorsichtig zu.

„Er steht auf Helena", rief Frederik zufrieden.

Helena lächelte mir zu und ich schaute prüfend auf Mieke an meiner Seite. Mieke guckte mit leicht gerunzelter Stirn zurück.

Dann war der Abend zu Ende. Ich trottete die schmale Treppe nach oben und Helena und Tamara und Frederik zogen gut gelaunt ab.

Das Letzte, was ich von Helena sah, war ihr hüpfender dunkler Haarzopf, als sie durch die Haustür verschwand.

„Tschüss, Helena", murmelte ich benommen und klammerte mich am Treppengeländer fest. Aber Helena hatte mich schon nicht mehr gehört.

„Gute Nacht, Mattis", sagte Mieke stattdessen von unten leise und ging ins Bad.

„Gute Nacht, Mieke", antwortete ich müde und verzichtete darauf, nach ihr auch noch ins Badezimmer zu gehen. Stattdessen verschloss ich meine Zimmertür, holte die Fotografien vom Morgen aus meinem Schrank und zerriss sie in winzige Fetzen. Die Negative zerstörte ich auch. Dann schmiss ich mich auf mein Bett und trudelte in einen unruhigen, betrunkenen Schlaf hinein.

Am nächsten Morgen machte ich mich sehr zeitig auf den Weg in den Wald. Es war Sonntag und Jost und Mieke schliefen noch. Die Sonne war schon ein wenig herausgekommen. Ich lief durch unser Viertel und durch den kleinen Park, ich überquerte den Platz vor dem Rathaus und lief an zwei stillen Kindergärten und einer sonntäglich verlassenen Grundschule vorüber. Überall um mich herum war es noch ziemlich ruhig, es war ja auch erst kurz nach acht. Das letzte Stück bis zum Wald joggte ich atemlos eine steile Straße hinunter, bis mir die Knie wehtaten und ich keine Luft zum Rennen mehr hatte. Ich war eben nicht Robert. Die Luft um mich herum war frisch und klar und ich platschte durch ein paar Pfützen vom Regen der letzten Nacht, als ich den ersten Waldweg erreichte. Von da war es allerdings noch ein gutes Stück Weg bis zu meinem geheimen Waldplatz, den ich vor vielen Jahren mal zusammen mit Robert entdeckt hatte. Ich lief und lief und lief. Drei Leute mit Hunden kamen mir entgegen und ein Förster in seinem Jeep überholte mich und winkte mir freundlich zu. Plötzlich fühlte ich mich fast zufrieden. Ich dachte an Helena und versuchte mir vorzustellen, wie es werden könnte, wenn ich jetzt nicht wieder den Mut verlor, die Sache richtig anzupacken. Robert hatte mir schließlich schon tausend Sachen voraus: lange Küsse und sanfte Mädchenhände auf seinem Körper ... Mir wurde schwindelig vor Aufregung, wenn ich daran dachte.

Ich erreichte die kleine Lichtung, nach der ich mich gesehnt hatte, gegen zehn. Ein bisschen fror ich inzwischen, ich hatte schließlich nur meine dünne Jeansjacke an. Und Hunger hatte ich auch. Ich überquerte die nasse Wiese und kletterte schnell in unsere alte Eiche hinein. Nach drei dicken Ästen hangelte ich mich zwei etwas dünnere Astgabeln hinauf und erreichte ein ganzes Stück weiter oben die Reste unseres uralten Baumhauses. Früher mal war dieses Baum-

45

haus eine prächtige Angelegenheit gewesen, aber im Laufe
der Jahre war es doch ziemlich heruntergekommen und wir
hatten nie mehr so viel Energie und Willen bewiesen wie als
Kinder, um das Haus rundherum wieder in Schuss zu bringen. Allerdings, das Wichtigste, ein Karree aus vier fest
vernagelten Brettern, hatte dem Verfall bis jetzt getrotzt und
darauf kam es uns im Grunde an. Man konnte in diesem
Holzverschlag ziemlich gemütlich auf zwei dicken Ästen
sitzen, gut verborgen vor der Außenwelt. Ich schwang mich
über das hintere Brett und machte es mir so bequem wie
möglich. Ich öffnete das Vorhängeschloss von Roberts
Campingkiste mit dem dazugehörenden Schlüssel, der seit
vielen Jahren an meinem Schlüsselbund baumelt, und zog
Roberts schmuddeligen Schlafsack heraus. Sorgfältig wickelte ich mich in das alte Ding ein und stapelte ein Karl-
May-Buch, einen zerfledderten *Spiegel* und ein grässliches
Pornoheftchen auf meinem rechten Knie. Mehr war in der
Campingkiste leider nicht zu finden. Aufatmend lauschte ich
auf die vertrauten Geräusche des Waldes um mich rum und
aß in Ruhe ein paar mitgebrachte Schokoriegel.

Dann saß ich einfach nur still da und lauschte in mich
hinein.

Es musste schon fast Mittag sein, als ich eine ganze Menge
Winnetou gelesen und mich durch sämtliche politischen
Uraltprobleme des alten *Spiegel* gearbeitet hatte. Es hatte
angefangen zu nieseln und ich zog vorsichtig das Pornoheftchen näher. Ich hatte in so was, und das ist die volle Wahrheit, noch nie hineingeschaut; verrenkte nackte Körper sind
eher Roberts heimliche Neugierde, aber heute, im Regen im
Baumhaus, nahm ich meinen Mut zusammen und blätterte
das Heft langsam von der ersten bis zur letzten Seite durch.
Mir wurde ganz flau im Bauch und ich konnte mir beim besten Willen nicht vorstellen, aus welchem Grund die meisten

Jungs in meiner Klasse wie die Verrückten hinter solchen Bildern her waren. Bullige Kerle waren da abgebildet, die sich über dümmlich guckende Frauen hermachten und deren Körper allesamt nicht die Bohne schön waren. Dazu kam, dass die Bilder schlecht fotografiert waren, ich schüttelte angewidert den Kopf über diesen sexistischen Blödsinn.

Und ausgerechnet in diesem Moment tauchte Robert auf. Ich sah ihn über die Wiese stapfen, den Blick suchend auf unser Baumhaus gerichtet. Ich konnte auch sehen, wie Robert zufrieden grinste, als er mich schließlich entdeckte, und wie er mit federndem Gang näher kam und sich schließlich mit drei Sätzen in den Baum hineinhangelte. Zack, zack, zack, schon war er an meiner Seite und ich hatte dieses blöde Pornoblättchen so dezent unter meine Beine gestopft, dass Roberts Blick natürlich sofort darauf fiel.

„Da bist du also", sagte er und zog das Heft aus seinem eiligen Versteck.

„Ich wollte allein sein", murmelte ich ärgerlich.

„Das hast du ziemlich deutlich zum Ausdruck gebracht", knurrte Robert. „Das ganze Wochenende habe ich hinter dir hertelefoniert, aber Mister van Leeuwen Junior hat sich augenscheinlich permanent verleugnen lassen."

Robert verpasste mir eine freundschaftliche Kopfnuss auf den Schädel. „Mal ehrlich, Mattis, was ist los mit dir, warum verkriechst du dich in letzter Zeit dauernd?"

„Ich bin eben lieber allein im Moment", erklärte ich vage und warf Winnetou, *Spiegel* und Porno zurück in die Kiste.

„Und warum willst du dauernd allein sein, he?", fragte Robert irritiert.

Ich zuckte mit den Achseln. „Weiß auch nicht", murmelte ich.

Robert langte in die Kiste und wedelte mir mit dem

blöden Heft vor der Nase herum. „Ich kann mir allerdings denken, warum du so unter Weltschmerz leidest", sagte er wie ein weiser Psychiater. „Du bist spitz wie Nachbars Lumpi, Mattis!"

„So ein blöder Blödsinn." Ich schmiss das Heft noch mal in die Kiste zurück.

Robert grinste. „Nanana ..."

„Es ist nicht so, wie du denkst", fauchte ich.

„Was ist es dann?"

„Ich habe mich ... vielleicht verliebt", stotterte ich schließlich und beschloss, die Wahrheit zu sagen und doch nicht die Wahrheit zu sagen.

„Du bist tatsächlich verliebt?", rief Robert hocherfreut.

Ich nickte nervös. „Ich muss dauernd an ... sie denken, an ihre weichen Haare zum Beispiel und an die Art, wie sie lacht. Aber es ist alles — ein bisschen kompliziert, sehr kompliziert."

„Wer ist es?", fragte Robert neugierig.

Ich zuckte zusammen, obwohl ich natürlich mit dieser Frage gerechnet hatte.

„Nein, sag es nicht", rief Robert. „Lass mich raten, okay?" Ich lächelte matt. *Das wirst du nie erraten, Robert, niemals.*

„Helena?", rief Robert spontan. „Es muss Helena sein."

Überrascht hob ich den Kopf. Robert war eben mein bester Freund. Wenn er auch nichts verstand von dem, was da in mir rumtobte und mich um den Verstand brachte, er war nicht blöd, er hatte eben trotzdem eine ganze Menge Ahnung von mir und meinen Gefühlen. Schließlich war Helena das einzige Mädchen außer Mieke, das mir gefiel.

„Na klar, es muss Helena sein", sagte Robert überzeugt und boxte mir vor die Brust. Wir schauten uns an. Ich habe Robert wirklich gerne. Und für einen winzigen Augenblick spielte ich mit dem verrückten Gedanken, ihm doch die

Wahrheit zu sagen, ihm doch von meinen Gefühlen zu Mieke zu erzählen. Von diesen verbotenen Gefühlen, die immer drängender wurden, Tag für Tag. Aber dann sagte Robert etwas, was mir augenblicklich die Kehle komplett zuschnürte.

„Ich habe vorhin bei dir geklingelt und Jost sagte mir, dass du schon zu nachtschlafender Zeit das Haus verlassen haben müsstest, mehr wusste er auch nicht. Da war mir klar, dass du hier sein würdest, und da habe ich mir Frederiks Moped geliehen und bin dir hinterhergebraust, denn: Read it from my lips, Mattis van Leeuwen: Du bist mein allerbester Kumpel und deine Sorgen sind meine Sorgen ...“

Robert lächelte und ich stürzte, gefühlsmäßig, metertief.

„Was denn, Frederik hockt schon wieder bei uns zu Hause?“

„Nun sei doch kein Sittenwächter“, grinste Robert. „Lass uns lieber über Helena nachdenken. Hast du ihr schon klargemacht, wie es um dich steht?“

„Was?“

„Na, weiß sie schon, dass du dich verliebt hast?“

Ich schüttelte den Kopf. „Vielleicht bin ich ja auch gar nicht richtig verliebt“, murmelte ich matt und starrte durch die kahlen Äste des Baumes in den düsteren Wald hinein.

Robert schüttelte verwirrt den Kopf. „Du bist in der Tat wunderlich in letzter Zeit“, erklärte er.

„Ach, lass mich doch“, fauchte ich und sprang auf.

„Wo willst du hin?“, fragte Robert. „Runter?“

„Nein, hoch“, brüllte ich und kletterte wie ein Verrückter über das Baumhaus hinweg in die hohen Äste.

„Sei vorsichtig“, warnte mich Robert. „Dieser Baum ist nicht mehr der Jüngste, wie du weißt. Bestimmt hat er jede Menge morsche Äste.“

Aber das war mir egal. Ich kletterte und kletterte.

„Du bist komplett verrückt!", brüllte mir Robert hinterher. „Willst du dich umbringen, Mann?"

Ich hielt einen Moment inne und sofort rutschte ich ein
kleines bisschen ab. Erschrocken klammerte ich mich an
einen krummen Ast und tastete mit einer Hand nach meiner
linken Schläfe. Ich blutete. Fluchend kletterte ich weiter, ein
bisschen vorsichtiger allerdings. Der Baum knarrte.

„Hör auf mit dem Blödsinn, Mattis."

„Stell dir vor, ich würde da runterspringen, dann wäre ich
wahrscheinlich tot", brüllte ich zu Robert hinunter.

„Ich will mir das gar nicht so genau überlegen", brüllte
Robert ärgerlich.

„Ein ekliger Gedanke, was?", brüllte ich. „Du müsstest
mich hier liegen lassen und Jost und Mieke die Hiobsbot-
schaft überbringen, ha!"

Ich stand wackelig da und guckte in die Ferne. Ich war
wirklich weit nach oben gekommen, ich konnte in eine
Menge Baumspitzen hineingucken und oben in den hohen
Tannen, gleich neben mir, wuchsen massenweise Tannenzapfen. Du lieber Himmel, sah das schön aus. Das würde ich
Mieke mal zeigen müssen. Mieke liebt das Draußensein so
sehr. Und sie hat alles Besondere, was es draußen gibt, so
besonders gerne. Sie steht nicht auf zarte Schlüsselblumen
oder feine Rosen, nein, Mieke liebt dicke, haarige Sonnen-
blumenstängel mit Blütenköpfen wie Mühlräder. Und Mieke
würden auch diese borstigen Tannenzapfen gut gefallen ...

„Ich komme wieder runter, Robert", rief ich.

„Gott sei Dank", murmelte Robert, als ich wieder vor ihm
stand.

„Lass uns in die Stadt fahren und einen Film angucken.
Ich habe Lust auf Kino."

Ich nickte.

Und auf Frederiks Moped fuhren wir schweigend zurück.

Erst gegen neun Uhr abends waren wir wieder zu Hause. Es war niemand da. Mieke hatte diesmal keinen Zettel dagelassen, der uns mitteilte, wo sie steckte, aber ich konnte es ja schließlich auch so ahnen. Und da war es dann besser, ich wusste es gar nicht so genau.

Jost war auch nicht da. Seine Staffelei stand verlassen in seinem Zimmer, aber der CD-Player war wieder mal auf Dauerschleife eingestellt und spielte dem dämmrigen Zimmer sehr sanft und behutsam *Eine kleine Nachtmusik* vor. Das Bild, das angefangen auf Josts Leinwand auf seine Rückkehr wartete, zeigte schon wieder diese Frau. Diesmal lag sie lesend auf einer Matratze und sah jung und schön aus. Kopfschüttelnd ging ich an das Bild heran und begutachtete sorgfältig die schwarzen Kohlestriche. Nein, besonders sanft und weich waren sie nicht aufs Papier gemalt, aber doch ... So schnell und zackig wie die schallend lachende Frau von neulich waren sie doch nicht.

„Los, Mattis, wir werfen uns zwei Pizzas in den Ofen", drängte Robert ungeduldig.

„Jaja, ich musste bloß mal eben dieses Bild angucken", sagte ich verlegen.

„Was denn, bist du seit Neuestem Josts persönlicher Kunstkritiker?"

„Nein, aber in letzter Zeit ist hier irgendetwas anders als früher."

Robert verstand natürlich nicht, was ich meinte. Er stürzte lediglich hungrig wie ein Wolf in die Küche und machte die Pizzas ofenfertig.

Als wir vollgefuttert waren, verzogen wir uns nach oben in mein Zimmer. Auf dem Weg durch den Flur sah ich, dass der Anrufbeantworter blinkte. Ich drückte die Wiedergabetaste und lauschte. Die ersten Anrufer waren Franz und

Annegret, die mich und Mieke in den kommenden Osterferien dringend zu sehen wünschten. Ich runzelte die Stirn.
Das würde wohl nichts werden. In den Osterferien würde
Mieke bestimmt keine Zeit für Oma und Opa in der Lüneburger Heide haben. In den Osterferien würde Mieke ganz
sicher von früh bis spät mit Frederik zusammenstecken.

Anrufer zwei, drei und vier hatten anscheinend keine
Lust gehabt, nach dem Signalton ihre Nachricht zu hinterlas-
sen. Sie hatten aufgelegt. Anrufer fünf war Oma Marijke aus
Amsterdam, die, wie sie sagte, bloß mal so angerufen hatte.
Nebenbei grämte es sie, dass sie geschlagene zwei Wochen
nichts von ihren Nachkommen gehört hatte, und des Weiteren beklagte sie ihr einsames Leben und wünschte sich
aufmunternden Sohn- oder Zwillingsbesuch in allernächster
Zeit.

Anrufer sechs war Mieke, die nur kurz mitteilte, sie sehe
sich heute Abend das Musical *Hair* an und übernachte anschließend bei Tamara. Frederik erwähnte sie mit keinem
Wort, aber ich war mir ganz sicher, dass er natürlich mit von
der Partie war.

Ich schloss nervös die Augen und wünschte mir, ich hätte
den blöd blinkenden Anrufbeantworter nicht entdeckt.
Denn dann hätte ich wenigstens noch eine Weile die tröstli-
che Illusion haben können, Mieke würde demnächst zur Tür
hereinspaziert kommen.

Anrufer sieben war eine fremde Frau ohne Namen, die
Jost nur eben einen schönen Abend und eine schöne Nacht
wünschen wollte und die zurzeit, ihrer eigenen Aussage
nach, in München unterwegs war und viel an „unser Gespräch am Fluss" denken musste.

Da war doch was im Busch. Was war nur mit Jost los?

„Hat dein Vater etwa eine Affäre laufen?", fragte mich
Robert überrascht.

Ich hob die Schultern. „Keine Ahnung", murmelte ich knapp und dachte unruhig an die lachende Frau auf Josts Bild.

„Pass bloß auf, sonst nistet sich eines Tages noch ein nerviges Weib bei euch ein und bringt euer gemütliches Leben komplett durcheinander."

„So ein Quatsch, das würde Jost niemals zulassen."

„Da wäre ich mir nicht so sicher, lieber Mattis. Schließlich ist dein Vater noch kein Opa und sein Mönchsleben muss er doch irgendwann mal an den Nagel hängen ..."

Der Anrufbeantworter informierte uns piepsend über einen letzten, achten Anrufer.

Es war Helena.

„Hallo, Mattis", sagte sie ungeduldig. „Mensch, wo steckt ihr denn alle? Ich habe vorhin schon dreimal angerufen, immer habe ich bloß euren Antworterknecht an der Strippe ..."

Aha, das erklärte die abgewürgten Anrufe zwei, drei und vier.

Ich lauschte gespannt und Robert lauschte genauso gespannt.

„Ich wollte gar nichts Besonderes", fuhr Helena harmlos fort. „Ich wollte eigentlich nur ein bisschen mit dir oder Magdalena quatschen. Also, bis morgen in der Schule dann, tschüss."

„Sie mag dich, Mattis", sagte Robert zufrieden. „Sie mag dich tatsächlich, obwohl du ein komischer, kleiner, zottelhaariger Kauz bist, der sich wegen seiner Braut, die noch gar nicht richtig seine Braut ist, schon mal vorbeugend vom Baum in den Tod stürzen will."

Ich schwieg verlegen. Was hätte ich dazu auch schon sagen sollen?

Morgen in der Schule würde ich Helena treffen. Vielleicht

sollte ich möglichst früh losgehen, damit wir ein bisschen Zeit zum Quatschen fanden?

Ein paar Minuten später kam Jost. „Ist jemand zu Hause?", rief er die Treppe hinauf.

„Wir sind da", rief Robert freundlich zurück. „Was dagegen, wenn ich heute Nacht hierbleibe?"

Natürlich hatte Jost nichts dagegen, er mag Robert fast genauso gerne wie ich, und schließlich darf ich zu Hause eigentlich alles so tun, wie ich es für richtig halte.

„Was ist los, hast du Ärger?", fragte ich Robert, der sich auf meinem Bett bereits häuslich niederließ.

„Die Alten spinnen immer noch", war alles, was er mir achselzuckend antwortete. „Den ganzen Tag sind sie karrieremäßig außer Haus und abends, wenn sie fix und fertig sind von diesem Stress, brüllen sie sich bis ungefähr Mitternacht an."

Robert schaute niedergeschlagen, aber dann winkte er eilig ab. „Lass uns lieber nicht drüber reden, verdirbt mir bloß komplett die gute Laune, wenn ich an die zwei Streithammel denke ...“

Gleich darauf konnten wir hören, wie Jost zum Telefon wanderte und den Anrufbeantworter einschaltete, um sich die letzten acht Anrufe auch noch mal zu Gemüte zu führen.

„Ungewöhlich, dass dein Vater sich um so was Banales wie euren Anrufbeantworter kümmert. Er hat es doch sonst gar nicht so mit den schnöden, weltlichen Dingen dieses Planeten", murmelte Robert auch prompt.

Annegret und Franz und Oma Marijke und Mieke und Helena und die mysteriöse fremde Frau erzählten, was sie zu erzählen hatten, bereitwillig ein zweites Mal.

„Horch mal, jetzt pfeift er doch tatsächlich eine alte Liebesschnulze von den guten alten Rolling Stones!", rief Robert ergriffen. „Mattis, es geschehen noch Zeichen und

Wunder, aber ich bin der festen Überzeugung, dein Vater ist genauso frisch verliebt wie du ..."

Ich zuckte mal wieder erschrocken zusammen.

„Mieke und Frederik, Mattis und Helena, Jost und die geheimnisvolle Fremde", summte Robert zufrieden. „Los, Mattis, wir gehen eine Runde Zähneputzen, ich bin zum Umfallen müde."

Jost hatte seine Arbeitszimmertür angelehnt, als wir ins Bad wanderten, und das Telefon hatte er auch mitgenommen. Wir konnten ihn leise reden hören. Reden und lachen und reden und lachen.

Ein ganz fremdes Jostlachen war das. Ein charmantes, nicht ganz echtes Lachen. So ein Lachen hatte ich von Jost noch nie gehört. Mit Mieke und mir und Hans lachte er, wenn ihm nach Lachen zumute war, laut und schallend und dröhnend, ansonsten, mit Annegret, Franz und Oma Marijke oder anderen Freunden und Bekannten, lachte er leise und höflich und kurz. Aber ein so casanovahaftes Lachen wie dieses heute Abend war mir nicht bekannt.

„Nicht lauschen, Seniore, ich bitte Sie", flüsterte Robert mir tadelnd zu und schubste mich durch den dunklen Flur vorwärts ins Badezimmer.

So endete unser Abend. Robert fiel ins Bett wie ein Stein und schnarchte gleich darauf wie ein komplettes Sägewerk. Nur ich, ich blieb noch eine Ewigkeit wach und dachte an Mieke, an meine Mieke, die ich schrecklich vermisste.

Das war sonntags gewesen und am Montag früh wachte ich mit Kopfweh und Halsschmerzen auf. Als der Wecker klingelte, zog ich mir jammernd das Kopfkissen über meinen schmerzenden Kopf und rührte mich nicht weiter.

„Was ist los mit dir, Kumpel?", fragte Robert und zog am Kissen. „Los, raus aus den Federn."

„Ich bin krank", krächzte ich heiser.

Robert stand lachend auf und schnappte sich, diesmal ohne erst lange zu bitten, frische Klamotten aus meinem Schrank. Bloß mit meinen Jeans konnte er nichts anfangen, denn schließlich ist Robert fast einen Kopf größer als ich.

„Du bist so wenig krank wie ich", stellte Robert sachlich fest.

Ich blinzelte ärgerlich unter meinem Kissen hervor. „Was soll denn das heißen, bitte schön?"

„Du hast bloß Muffe davor, die Sache mit Helena zum Laufen zu bringen", sagte Robert.

„Quatsch, du Idiot", knurrte ich. „Ich bin krank, vielleicht kriege ich ja eine Lungenentzündung. Ich bin gestern einfach zu lange im Regen im Baumhaus gewesen."

Robert grinste. „Dann bleibst du heute also der Schule fern?"

Ich nickte und zog mir die Decke über die Ohren.

„Also, gute Besserung, Alter", rief Robert und ging nach unten. Pfeifend führte ihn sein Weg in die Küche, wo er sich gründlich durch unseren Kühlschrank hindurchwühlte und sich ein nettes Frühstück zusammenstellte. Die Kaffeemaschine schaltete er ebenfalls ein und brachte Jost eine fürsorgliche Tasse Kaffee ans Bett. Anschließend lustwandelte er ins Badezimmer, um sich gründlich die Zähne zu schrubben. Robert trug seit einiger Zeit eine feste Zahnklammer und hatte seitdem einen enormen Reinlichkeitsanspruch an seine Beißerchen.

Ich lag schlapp in meinem Bett und fühlte mich einsam und verlassen.

Robert schaltete den Anrufbeantworter ein, anscheinend blinkte das blöde Ding schon wieder, und ich konnte Roberts Mutter beim Schimpfen und Toben und Jammern am Telefon zuhören.

„Robert, bist du bei Mattis?", fragte sie beim ersten Anruf noch ziemlich milde. Beim zweiten Anruf, der gegen Mitternacht erfolgt sein musste, entschuldigte sie sich dann zuerst einmal formvollendet bei Jost wegen der späten Störung und dann keifte sie Robert eine wüste Verwünschung hinterher, weil er ihr seine außerhäusige Übernachtungsabsicht nicht mitgeteilt hatte. Anruf drei war ziemlich unverständlich. Roberts Mutter erzählte da irgendwas Wildes von nächtlicher Gefahr auf deutschen Straßen, von Dealerbanden und Überfällen und Messerstechereien. Dann schmiss sie wütend den Hörer auf die Gabel. In der letzten Nachricht teilte sie Robert mit, dass sie es jetzt bei Konrad, Helena, Tamara und Jonas ebenfalls probiert habe, dass sie dabei natürlich eine Menge schlafender Leute aus den Betten geklingelt habe, dass ihr das sehr peinlich gewesen sei und dass sie vor Sorge ganz und gar aus dem Häuschen sei.

„Hast du das gehört?", rief Robert entsetzt nach oben. „Sie scheint zu glauben, ich wäre noch ein komplettes Wickelkind!"

„Ruf sie an", krächzte ich zurück.

„Jaja, der Säugling meldet sich zum Alete-Rapport", sagte Robert unfreundlich und griff nach dem Telefon.

„Die ist schon längst in ihrer Kanzlei", informierte er mich Sekunden später ärgerlich. „So schlimm kann ihre Sorge also nicht gewesen sein."

Robert schnaubte seiner Mutter irgendetwas Gereiztes auf ihren Anrufbeantworter und schmiss dann den Hörer zurück auf die Gabel. „Wahrscheinlich wird sie in etwa raushören, dass ich noch unter den Lebenden weile", rief er und machte sich dann aus dem Staub.

Jost hatte von Roberts Geschimpfe, wie es zu erwarten gewesen war, nichts mitbekommen, er war überhaupt nicht aufgewacht. Darum schlich ich mich verstohlen in sein Zimmer hinein und klaute ihm die dampfende Tasse Kaffee vom Nachttisch weg.

Mittags kam Mieke. Ich hörte ihren Schlüssel im Türschloss klappern und stellte mich augenblicklich schlafend. Meine Augenlider zuckten wie verrückt, so nervös war ich plötzlich.

„Mattis, schläfst du?", flüsterte Mieke, als sie oben bei mir angekommen war, und irgendetwas in ihrer Stimme brachte mich dazu, die Augen sofort wieder zu öffnen.

„Nein, ich schlafe nicht", sagte ich hellwach.

„Oh, Mattis", sagte Mieke und stand blass und mit übermüdeten Augen vor mir.

„Ist was passiert?", fragte ich vorsichtig.

Mieke zuckte mit den Achseln. „Nein, eigentlich nicht. Ich bin bloß so froh, bei dir zu sein."

Ich setzte mich auf. „Setz dich doch, Mieke."

Mieke setzte sich, aufrecht wie ein Stock, vor mich.

„Du siehst elend aus", stellte ich fest.

Mieke steckte in einem dunklen Pullover, von dem ich mich erinnern konnte, dass er Frederik gehörte. Um den Hals hatte sie einen Schal geschlungen, den sonst Tamara trug. Ihre Haare waren ungebürstet und weder Fred Feuerstein noch Obelix waren an ihren Ohren.

„Was ist passiert?", fragte ich.

Mieke runzelte die Stirn. „Ich weiß nicht, wie ich es sagen soll", murmelte sie schließlich.

„Willst du dich vielleicht zu mir legen? Ich meine, wenn du keine Angst vor einer Halswehansteckung hast ..."

„Hab ich nicht", sagte Mieke. „Hast du denn Halsweh?"

Ich überlegte. „Eigentlich nicht", gab ich dann zu und lächelte schwach. „Ich habe einfach Weltschmerz und keine Lust, nach draußen zu gehen."

„Helena will dich später besuchen kommen", berichtete Mieke mir leise und legte sich vorsichtig, immer noch steif wie ein Stock, neben mich.

„Das ist nett von ihr", sagte ich.

„Helena hat dich gerne", sagte Mieke.

„Schön", sagte ich.

„Ein bisschen komisch ist das schon", sagte Mieke.

„Wieso?", fragte ich.

„Weil du ... mein Bruder bist und sie meine beste Freundin ist", sagte Mieke.

Dann schwiegen wir eine Weile.

„Willst du nicht diesen dicken Pulli ausziehen, Mieke?", fragte ich irgendwann, denn der Pullover strömte einen penetranten Frederik-Aftershave-Geruch aus.

Langsam, sehr langsam schlüpfte Mieke aus dem Pulli heraus. Den dicken schweinsrosa Schal behielt sie an. Sie zog ihn sich sogar noch ein Stück fester um den Hals.

„Hast du etwa Halsweh?", fragte ich mitfühlend.

Mieke schüttelte erst den Kopf, dann nickte sie und dann guckte sie mich bloß noch unsicher an.

Und da blickte ich plötzlich durch. Ich richtete mich auf und wollte Mieke den Schal vom Hals ziehen.

„Lass das, Mattis", bat Mieke leise. „Lass das lieber ..."

Dann war der blöde Schal ab und ich starrte benommen auf den Knutschfleck an Miekes Hals. In mir zog sich alles zusammen. Natürlich hatte ich gewusst, wie es um Mieke und Frederik stand, und ich hatte mir an drei Fingern ausrechnen können, dass die beiden, wenn sie sich trafen, nicht bloß Mikado oder Mensch ärgere dich nicht! miteinander spielten. Aber trotzdem traf mich dieser Kuss an Miekes Hals wie ein Keulenschlag. Zittrig sank ich zurück auf meine Matratze. Mieke rollte sich auf den Bauch und ihre Schulter und ihr Rücken berührten mich dabei leicht.

59

„Willst du wissen, wie das gestern war, Mattis?"

Ich nickte.

„Ich bin nach dem Theater mit zu Frederik gegangen, wir wollten noch ein bisschen Musik zusammen hören, mehr nicht."

Ich lauschte stumm.

„Ja, und dann küsste Frederik mich. So richtig, und ich fand es auch ganz schön. Frederik ist so hübsch und ich habe ihn schon lange gerne."

„Ich weiß", murmelte ich.

„Aber ich wollte dann aufhören mit dem Küssen, weil ... Ich habe doch meine Tage seit gestern und da wollte ich nicht von Frederik gestreichelt werden oder so."

Miekes Stimme bebte. „Aber Frederik wollte nicht aufhören. Ich habe ihm natürlich nicht gesagt, dass ich meine Periode habe, das wäre doch peinlich, nicht wahr?"

Ich nickte schwach.

„... und dann hat er immer weiter gestreichelt und er hat mich richtig anfassen wollen, und als ich seine Hand festgehalten habe, wurde er fast ein bisschen sauer und da ... da bin ich weggelaufen und habe bei Tamara geschlafen."

Mieke weinte jetzt. „Es war alles so peinlich und ich habe mich so eklig gefühlt, Mattis. So wie damals, weißt du noch, als ich zum ersten Mal meine Tage bekam, im Sommer bei Annegret und Franz?"

Da drehte ich mich um und nahm Mieke fest in den Arm.

„Liebe, liebe Mieke", flüsterte ich. Denn das war ja wohl noch erlaubt. Ich konnte meine Schwester, wenn es ihr schlecht ging, schließlich trösten. Dass ich dabei am ganzen Körper flog, bekam Mieke, glaube ich, gar nicht so genau mit. Sie lag ganz einfach weich in meinen Armen und ließ sich von mir wärmen.

Ich hauchte ihr sogar einen leichten Kuss auf die Wange.

„Du bist so lieb, Mattis", murmelte Mieke.

Ich lächelte ihr zu und versuchte, ruhig und flach zu atmen. Mein Körper, in mir drin, tobte.

Plötzlich streckte Hans seinen Kopf zur Tür herein.

„Guten Tag, die Herrschaften", sagte er vergnügt und ganz und gar harmlos. „Komme gerade aus Hongkong zurück, störe ich etwa eure tägliche Zwillings-Siesta, ihr besten Zwillinge der Welt?"

Mieke blieb ruhig in meinem Arm liegen. Sie lächelte sogar wieder ein bisschen. Irgendwie schienen wir das hier zu dürfen, Hans lächelte versonnen, Mieke blieb, wo sie war, nur ich, ich legte verstohlen und beruhigend meine Hand auf mein laut klopfendes Herz.

Jost freute sich ebenfalls, dass Hans plötzlich wieder da war. Summend richtete er ihm eine Schlafstätte in seinem Zimmer. Wir aßen zusammen und nach dem Essen ging ich heimlich zum Telefon und rief Helena an.

„Mattis, wie geht es dir?", fragte Helena hocherfreut.

Ich hustete ein paarmal eindrucksvoll.

„Möchtest du vielleicht, dass ich dich besuchen komme?", fragte Helena mitleidig.

„Morgen, Helena, komm morgen. Heute mag ich einfach nur allein in meinem Bett sein."

„Okay", sagte Helena. „Bis morgen, Mattis."

Erleichtert legte ich den Hörer auf.

Hans sehnte sich nach dem Wald. „In Hongkong habe ich nur Straßen und Büros und Wolkenkratzer und Autos gesehen, meine Augen haben Muskelkater und meine anderen Sinne leiden unter Entzugserscheinungen. Lasst uns in die Natur gehen."

Und das taten wir. Wir liefen zu viert durch unser Viertel, durch den kleinen Stadtpark, über den kopfsteingepflasterten Rathausplatz, an den Kindergärten und der Grundschule vorbei und die steile Straße hinunter, die uns direkt in den Wald hineinführte. Die Straßen waren belebt und die Sonne schien hell durch ein paar graue Wolken am Himmel hindurch. Ich hatte meinen Fotoapparat dabei und lief neben Mieke und fühlte mich viel besser als am Morgen. Ab und zu lächelte mir Mieke zu und jedes Mal bekam ich Herzklopfen davon.

Im Wald rannten Jost und Hans um die Wette. Sie lachten schallend und rannten und steckten die Köpfe zusammen und dann legte Hans seinen Arm auf Josts Schulter und sie begannen zu reden und zu reden und zu reden.

Ein paar Leute, die vorüberkamen, musterten die beiden empört, sie mussten Jost und Hans für Schwule halten. Das passierte jedes Mal, wenn wir zusammen im Wald unterwegs waren. Hans und Jost liefen immer so, wenn sie aus der Stadt raus waren.

„Schade, dass sie nicht wirklich schwul sind", flüsterte ich Mieke ins Ohr. „Eine bessere Mutter als Hans finden wir nie wieder."

Ich fotografierte die beiden von hinten, wie sie da vor uns herspazierten wie ein verliebtes Ehepaar.

Meine Finger waren ein bisschen fahrig, ich hatte, als ich Mieke ins Ohr flüsterte, mit dem Gesicht ihre Wange gestreift und plötzlich war dieses Sehnen nach Mieke in mir drin wieder riesengroß.

„Was hast du, Mattis?", fragte Mieke. „Du schaust so sonderbar."

„Es ist nichts", antwortete ich starr und galoppierte davon. Mit ein paar Schritten überholte ich Hans und Jost und knipste sie von vorne. Als Hans mir hinterhersetzte und mir die Kamera abjagte, hielt ich die Luft an vor Erregung, als ich begriff, was Hans jetzt vorhatte. Er schob mich zurück an Miekes Seite und knipste eine Menge Mieke-und-Mattis-Bilder.

Das hatte es schon lange nicht mehr gegeben. Jost fotografierte so gut wie nie und auch Mieke griff selten mal nach meiner Kamera. Zwillingsfotos, mit uns beiden als Motiv, waren eine Rarität. Das letzte musste gut drei Jahre alt sein.

„He, Hans", rief Mieke protestierend. „Du verknipst ja Mattis' kompletten Film!"

„Lass ihn ruhig", antwortete ich schnell.

„Jost, diese Bilder sind für dich", rief Hans. „Eines davon ist für deinen Schreibtisch. Das Zwillingsbrüllbild *Mieke-und-Mattis-nach-dem-Nasenstüber-im-Brutkasten* ist doch inzwischen wirklich antiquarisch. Das kannst du ausramschen. Ich habe dir deine zwei Hübschen heute mal neu abgelichtet."

Jost lächelte und erklärte, vom Babybrüllbild auf seinem Arbeitstisch werde er sich niemals trennen, aber ein neues Bild dazu wäre in Ordnung und eine wirklich gute Idee.

An einer sonnigen Wegbiegung, nahe bei einem tiefen Steinbruch, blieb ich einen Moment lang stehen und hielt Mieke am Ärmel fest. Hans und Jost merkten nichts und liefen, in ein Gespräch vertieft, gemächlich weiter.

„Mieke?"

„Hm?"

Ich stolperte einen Schritt nach vorne und legte meine Hände um Miekes Gesicht. „Manchmal glaube ich, ich werde verrückt", flüsterte ich und war entsetzt über das, was ich hier tat. „Du bist der wichtigste Mensch in meinem Leben, Mieke."

Dann rannte ich davon, quer in den Wald hinein.

Mieke blieb weit hinter mir zurück und ich wagte es nicht, mich nach ihr umzudrehen.

März

Ich trieb mich rum. Allein, manchmal mit Robert, einmal mit Konrad, den ich dazu brachte, seine Eltern dazu zu bringen, die Haschischanzeige gegen Robert bei den Bullen zurückzuziehen. Zweimal ging ich mit Helena ins Kino. Beim ersten Mal schauten wir Woody Allen, das Kino war nicht so besonders voll und Helena war nicht so besonders begeistert von Woody Allen. Beim zweiten Mal guckten wir einen vergnügten Liebesfilm mit Hugh Grant, das war dann auch nichts, Helena mag keine Liebesschnulzen, sagt sie. Die ganze Zeit, während dieser Film über die Leinwand flimmerte, versuchte ich die Sache mit Helena „ins Laufen zu bringen", wie Robert immer sagt. Ich befahl meiner linken Hand, sich sanft auf Helenas Bein zu legen, aber meine Hand traute sich nicht. Ich befahl meinem ganzen Arm, sich Helena um die Schulter zu legen, aber mein Arm rührte sich nicht. Ich nahm mir vor, Helena nach dem Kino nach Hause zu begleiten und sie auf dem dunklen Weg hinter ihrem Haus zu küssen, aber das kriegte ich auch nicht richtig hin. Ich war ganz einfach zu unruhig, zu unsicher und mit meinen Gedanken zu sehr bei Mieke.

Vielleicht hatte ich ja geglaubt, es würde etwas anders werden nach unserem Spaziergang im Wald mit Jost und Hans. Aber es wurde nichts anders. Zwei Tage lang traute ich mich nicht, Mieke auch nur anzuschauen, und den Film, den Hans im Wald verknipst hatte, rührte ich auch nicht an. Aber nichts passierte. Mieke lief morgens neben mir her zur Schule und mittags manchmal neben mir her nach Hause. Manchmal ging sie aber auch mit Tamara oder Jonas zurück. Und plötzlich wurde ich wütend auf Mieke. Ich wachte einfach morgens auf und die Wut saß mir sofort im Genick. Ich saß eine Weile brütend auf meinem Bett herum, dann schlüpfte ich in meine schmuddeligste Jeans und zog ein uraltes Fischerhemd an, das mir mal, vor vielen Jahren, Franz und Annegret von der Nordsee mitgebracht hatten. Ich stampfte polternd die Treppe hinunter und kippte mir eine halbe Packung Cornflakes in eine Salatschüssel. Aus Cornflakes, Milch, Kakao und Rosinen machte ich mir ein Riesenfrühstück und hockte mich, weil ich nicht mit Mieke zusammen frühstücken wollte, an Josts Arbeitstisch. Von draußen schien die Sonne durch das große Fenster und zwei Amseln flogen geschäftig durch den Garten. Wahrscheinlich waren sie dabei, sich ein gemeinsames Nest zu bauen. Ich beobachtete sie missmutig. Genau in diesem Augenblick kam Mieke ins Zimmer. Ich drehte mich um.

„Na ...", brummte ich, nicht eben freundlich.

„Na", antwortete Mieke, und dann legte sie mir ihre Hand in den Nacken.

„Tu das nicht", flüsterte ich erschrocken.

„Warum nicht?", fragte Mieke und nahm ihre Hand weg.

„Das weißt du doch wohl inzwischen", sagte ich leise.

„Ich weiß gar nichts", flüsterte Mieke und hatte plötzlich diese kleine Falte zwischen den Augen, die sie immer kriegt, wenn sie Angst hat oder wenn sie nicht weiterweiß oder wenn sie traurig ist.

Früher mal, da hatten wir einen kleinen Hund. Oma Marijke und Opa Veit hatten ihn uns geschenkt. Sie hatten ihn aus einem Amsterdamer Tierheim geholt, weil er so vernachlässigt und traurig und zerzaust aussah.

Der kleine Hund gehörte natürlich Mieke und mir gemeinsam, aber Mieke wurde fast verrückt vor Liebe zu ihm. Er war im Grunde ein ziemlich hässlicher, kleiner Kerl, eine graue, kleine Gurke auf krummen Beinen, aber das war Mieke egal. Und dann, als er ein halbes Jahr bei uns gewesen war, wurde er krank und Jost erklärte Mieke sehr behutsam, dass der Hund eingeschläfert werden müsste. Mieke weinte tagelang und dann trug sie ihn selbst in die Tierarztpraxis, an einem Nachmittag, als sie allein zu Hause geblieben war. Aber Jost, als hätte er etwas geahnt, kam an diesem Mittag früh aus der Volkshochschule, und als er sah, dass Mieke und der Hund weg waren, setzte er sich auf sein Fahrrad und jagte wie der Blitz zur Tierarztpraxis.

„Wo ist meine Tochter?", rief er der Sprechstundenhilfe, die ihm die Tür öffnete, aufgeregt zu.

„Ihre Tochter ist eben zum Doktor rein", antwortete die Sprechstundenhilfe achselzuckend.

„Um Himmels willen, sie kann das doch nicht allein machen", schnaubte Jost wild. „Sie können doch nicht zulassen, dass sie allein zuschaut, wie der Doktor den Hund einschläfert ..."

Jost galoppierte zum Behandlungsraum und riss dort die Tür auf. Und da stand Mieke, blass und ernst und mit dieser verzweifelten Falte zwischen den Augen, und hielt den kleinen, schlappen Hund auf dem Arm.

„Mieke!", rief Jost. „Jetzt bin ich bei dir. Jetzt kann es losgehen, komm in meinen Arm, mein Kummerkind."

Und so hielten Mieke und Jost beide den kleinen Hund behutsam zwischen sich auf dem Arm, als der Doktor ihn von seinen Schmerzen erlöste und einschläferte.

„Sie ist doch erst zehn Jahre alt", sagte Jost leise zum Tierarzt.

„Sie hat mir gesagt, Sie hätten sie geschickt", erklärte der Tierarzt verlegen. „Und weil sie schon so oft hier war mit diesem Tierchen, da habe ich gedacht ..."

„Ist ja schon in Ordnung", seufzte Jost. „Nur allein hätte sie das nicht durchstehen sollen."

„Mieke!", rief ich verzweifelt und sprang auf. Ich schlang meine Arme um sie und lehnte mich gegen sie. „Bitte ...", stammelte ich hilflos. „Bitte, Mieke ..."

Dann wurde ich steif wie ein Stock. — Was tat ich hier bloß, um Himmels willen?

Mieke schaute mich erschrocken an. Und da machte ich es wie neulich im Wald. Ich jagte verzweifelt davon.

Und die Schule schwänzte ich schon wieder.

Es regnete seit Tagen. Und ich hockte seit Tagen brütend zu Hause und wusste nichts mit mir anzufangen. Jost war in der letzten Zeit auffallend oft unterwegs und ich wollte ihn gerne fragen, was los war mit ihm. Aber ich traute mich nicht. Jedenfalls, die fremde Frau hatte sich hier nicht noch mal sehen lassen und angerufen hatte sie, soweit ich das mitbekam, auch nicht. Trotzdem war Jost dauernd weg. Oder gerade deswegen?

Hans war auch mal wieder auf Reisen gegangen. Er war nach Neuseeland geflogen, wo seine Firma eine neue Niederlassung aufgebaut hatte. Drei Ansichtskarten hatte er bereits geschickt. Mieke war auch nicht besonders oft da. Sie traf sich fast jeden Tag mit Tamara. Und Frederik suchte Versöhnung und quatschte uns den Anrufbeantworter voll. Gestern hatte sogar Jonas hier angerufen.

„Hallo, Mattis, ist Magdalena auch zu Hause?", fragte er mich freundlich.

„Nein, ist sie nicht", murmelte ich unfreundlich.

„Dann sag ihr einfach, dass ich angerufen habe."

„Ja, sonst noch was?"

„Nein, das wär's schon, danke."

Ich knallte den Hörer auf die Gabel und schrieb Mieke einen Zettel, den ich aber eine halbe Stunde später wieder zerriss und in den Mülleimer rieseln ließ.

Und heute, heute war der Geburtstag unserer Mutter. Vierzig Jahre alt wäre sie heute geworden. Damals, als sie starb, war sie vierundzwanzig gewesen! Mit vierzig Jahren war mir meine Mutter ganz und gar unvorstellbar. Auf allen Fotos, die ich von ihr hatte, war sie so furchtbar jung und mädchenhaft und dünn und honigblond, mit vielen Sommersprossen im Gesicht wie Mieke und mit den gleichen weit auseinanderstehenden hellblauen Augen wie ich. Sie hatte auch so ein schüchternes Lächeln wie ich. Bei ihr sah es schön aus, bei mir ging es mir unheimlich auf die Nerven.

Britta hieß meine Mutter und geheiratet hatten meine Eltern nicht. Sie wollten das später mal machen, sie glaubten ja, dass sie eine Ewigkeit für alles Zeit haben würden ...

Britta König und Jost van Leeuwen. Josts Nachnamen hatten Mieke und ich erst nach einem komplizierten Gerichtsakt erhalten, aber Jost war das wichtig, als Mami gestorben war. Er, der es sonst doch mit den weltlichen Dingen gar nicht so genau nahm, wollte auch nach außen sein familiäres Band zu uns ganz fest abstecken. Ich nehme an, weil Annegret und Franz ihm damals nicht so recht getraut haben. Sie haben ihn lange für nichts weiter als einen verrückten Spinner gehalten und seine Bilder sagen ihnen auch nichts weiter. Sie sind, solange ich zurückdenken kann, kein einziges Mal zu einer seiner kleinen Ausstellungen gekommen. Bloß das Bild von unserer Mutter, das liegt ihnen am Herzen. Sie wollten es Jost sogar abkaufen, um es in ihrem Haus in der Lüneburger Heide aufzuhängen, aber Jost hat es nicht herausgegeben, allerdings hat er ihnen damals gleich eine Kopie des Bildes geschickt.

Ich wanderte aus meinem Zimmer hinunter ins Wohnzimmer und betrachtete das sanfte Porträt meiner Mutter so lange, bis es draußen dämmrig wurde und Mieke nach Hause kam.

„Ich war auf dem Friedhof", sagte Mieke und setzte sich im Schneidersitz still auf den weichen Teppichboden vor den Kamin.

„Warum hast du mir nicht Bescheid gesagt, ich wäre mitgekommen."

Mieke saß eine Weile da, ohne etwas zu sagen. „Ich wollte mal allein dort sein", sagte sie schließlich. „Sie ist mir sehr fern, weißt du."

Ich nickte.

„Sie sieht auf allen Bildern aus wie ein junges Mädchen", fuhr Mieke nachdenklich fort. „Sie kommt mir gar nicht mehr richtig erwachsen vor. Je älter ich werde, desto weniger kann ich mit ihr anfangen ..."

„Das klingt aber ziemlich unfair und gemein", sagte ich erschrocken.

„Ist es nicht ein verrückter Gedanke, dass wir beide tatsächlich mal in ihr drin gewesen sind?", murmelte Mieke und zupfte ein paar Fransen aus dem Teppich.

Ich lächelte matt.

„Und dann ist sie gestorben und bald bin ich so alt wie sie!", rief Mieke wütend. „Und jetzt, wo ich tausend Fragen an sie hätte, kann ich sehen, was ich mache!"

Ich setzte mich Mieke vorsichtig gegenüber. „Ein ziemlicher Mist alles, nicht wahr?", fragte ich, ohne aufzusehen und in derselben trostlosen Art wie Mieke vorher.

Und plötzlich war Jost da.

„Na, meine beiden Kummerkinder", sagte er und umarmte erst Mieke und dann mich. Dann hockte er sich in unseren Kreis, so wie wir, im Schneidersitz auf den weichen Boden vor dem dunklen Kamin. „So, und jetzt machen wir uns was Schönes zu essen."

Jost lächelte und wir machten im dunklen Kamin ein helles Feuer und kochten uns ein tolles Essen und schauten uns eine Menge alter Fotos an und lachten über das Zwillingsbrüllbild im Brutkasten.

„Mattis, wo bleibt überhaupt das neue Zwillingsbild, das du mir entwickeln wolltest?", fragte Jost mich da.

„Morgen", versprach ich. „Morgen werde ich es dir vergrößern."

Ich lag lange wach in dieser Nacht. Ich lauschte auf Jost, der, obwohl es inzwischen mitten in der Nacht war, in seinem Arbeitszimmer noch an einem Bild arbeitete und dabei summte, ich hatte Miekes Stimme am Telefon gehört, während sie, gegen Mitternacht, noch mal mit Helena telefonierte. Verstanden hatte ich allerdings kein Wort von dem, was sie mit ihrer besten Freundin so spät noch zu bereden hatte.

Dann ging Mieke schlafen und Jost hörte zu summen auf. Ob er deswegen auch zu malen aufhörte, wusste ich nicht, jedenfalls wurde es plötzlich sehr still im Haus. Ich wickelte mich fest in meine Bettdecke, verschränkte die Arme unter meinem Kopf und lauschte in mich hinein.

Früher, als Mieke und ich klein waren, neun Jahre oder so, da haben wir manchmal zusammen mit meinem Penis Blödsinn gemacht. Wir haben ihn beide angefasst und an ihm herumgespielt, bis er irgendwann steif wurde, und dann hat Mieke ihren blauen Schlafschlumpf an seiner ausgebeulten kleinen Latzhose an meinen Penis, wie an einen Haken, gehängt. Ich fand das eigentlich nicht mal so furchtbar witzig, aber Mieke konnte gar nicht genug davon kriegen.

Ein anderes Mal haben Mieke und ich meinem Penis mit Filzstiften ein grinsendes Gesicht gemalt, aber dabei erwischte uns Annegret und nahm uns mit hochgezogenen Augenbrauen kurzerhand die Stifte weg.

„Hört auf mit diesen Sauereien", sagte sie kopfschüttelnd.

70

„Martin, zieh dich sofort wieder an!" Sie hielt mir ungeduldig und gereizt meine Hose hin. „Dass ihr euch nicht schämt, so was machen anständige Kinder doch nicht."

Ein anderes Mal waren Mieke und ich zusammen im Garten. „Komm, wir spielen Küssen", sagte Mieke plötzlich vergnügt.

Wir mussten beide furchtbar kichern und für eine Weile war Küssen spielen unser liebstes Spiel. Mieke schlang dabei ihre Arme um meinen Hals, seufzte verliebt, klimperte mit den Augen und wir pressten unsere Münder fest aufeinander und kicherten begeistert.

Einmal erwischte uns unsere Nachbarin beim Küssenspielen.

„Hört auf mit dem Unsinn", sagte sie streng. „So was macht man doch nicht, ihr kleinen Ferkel ..."

Und dann, als wir dreizehn waren, fuhren wir einmal zusammen nach Amsterdam zu Oma Marijke und Opa Veit. In der dritten Nacht, Mieke und ich schliefen nebeneinander auf einem breiten Schlafsofa, wurde ich plötzlich mitten in der Nacht mit einem Ruck wach. Ich hatte einen sonderbaren Traum gehabt. Benommen saß ich in der Dunkelheit.

„Was ist los?", fragte Mieke verschlafen und richtete sich ebenfalls auf.

„Ich weiß nicht ...", murmelte ich.

„Warum zitterst du denn, Mattis?"

„Ich zittere nicht."

Dabei zitterte ich am ganzen Körper. Und mir war heiß und kalt gleichzeitig.

„Hast du schlecht geträumt?", fragte Mieke.

Ich sagte nichts. In meinem Traum, der höchstens ein paar Sekunden gedauert hatte, war eine Schuhverkäuferin vorgekommen. Eine barfüßige Schuhverkäuferin in hellblauen Nylonstrumpfhosen. Sie lief durch einen hell erleuchteten Laden, vorbei an Tausenden von Schuhkartons, die sich an den Wänden stapelten. Die Frau war fürchterlich aufgetakelt und grell geschminkt und sie wiegte sich sehr weiblich mit ihren Hüften beim Gehen und ich stand unerklärlicherweise zufrieden vor dieser sonderbaren Frau und fand sie einfach wunderbar.

Und plötzlich fragte die Frau mich höflich: „Wollen wir vielleicht Küssen spielen?"

Und da wachte ich auf. Und war völlig verschwitzt. Und trotzdem fror ich, dass mir die Zähne klapperten. Und meine Schlafanzughose war nass vom ersten Sperma meines Lebens.

„Schlaf weiter", flüsterte ich Mieke beschwörend zu. „Es ist nichts, wirklich."

Und ich verharrte, steif wie ein Stock, so lange neben ihr, bis ich sicher war, dass sie wieder schlief. Dann erst schlich ich auf Zehenspitzen ins Badezimmer und putzte meinen Körper ab.

„Wo bist du gewesen?", fragte Mieke, als ich zurückkam.

Es war stockfinster im Zimmer. Und da setzte ich mich zögernd vor Mieke auf den Boden, so wie im vergangenen Sommer, als Mieke zum ersten Mal ihre Periode bekommen hatte. Mein Herz klopfte mir bis in den Hals.

Und dann — erzählte ich Mieke, was passiert war. Ich erzählte ihr von dem Traum im Schuhgeschäft, von der aufgetakelten Frau ohne Schuhe, von meiner Erregung und auch von dem seltsamen Samenerguss.

Natürlich waren Mieke und ich aufgeklärt, Jost und die Schule und Annegret hatten sich alle Mühe gegeben, uns die Sache mit der Sexualität nahezubringen. Und das Fernsehen und die Kinder auf der Straße hatten die spannenden Details dazu geliefert. Trotzdem war ich aufgeregt und durcheinander und ich wollte nicht zurück in mein Bett neben Mieke.

„Ich schlafe hier unten", erklärte ich deshalb stur.

„Du schämst dich, was?", fragte Mieke sanft.

Ich schwieg.

„Du brauchst dich nicht zu schämen", sagte Mieke.

Ich zog mir trotzdem meine Bettdecke herunter und wickelte mich fest ein. Und von da an war mir mein Körper nie mehr ganz so geheuer wie bis zu dieser Nacht in Amsterdam.

Immerzu spielt mein Körper verrückt seitdem.

Damals, als ich dreizehn war, dachte ich, ich wäre vielleicht krank. Da nützte die ganze Aufklärerei nichts. Ich wusste, wie man Kinder macht. Und wie man sie verhütet. Ich wusste, dass Mädchen in Miekes Alter jeden Monat einen Eisprung hatten und dass Jungen einen Steifen kriegen, wenn sie an nackte Mädchen denken. Das alles war klar wie Kloßbrühe. Aber warum ich *jeden Tag* einen steifen Pimmel hatte, auch wenn ich keine Sekunde an nackte Mädchen dachte, und warum der bloß wieder verschwand, wenn ich mich selbst streichelte, das verstand ich nicht die Bohne.

Ich ging jede Woche zur Klavierstunde, ich spielte stundenlang mit meiner Carrerabahn, ich ließ mit Mieke im Park riesige, selbst gebastelte Drachen steigen, ich klebte Modellflugzeuge mit Hans, ich spielte draußen mit den anderen Kindern Räuber und Gendarm – und zwischendurch schlich ich mich erregt zur Toilette und befriedigte mich selbst. Ich fand das fast ein bisschen eklig und ich schämte mich vor mir selbst zu Tode.

Und ich dachte, ich wäre wirklich krank, sexbesessen, verrückt.

Am nächsten Tag entwickelte ich die Fotos, die Hans von Mieke und mir im Wald aufgenommen hatte. Ich erledigte

das sehr schnell, noch vor der Schule, weil die beiden Latein-
stunden mal wieder ausfielen und wir erst um zehn Uhr
Unterricht hatten. Ich mischte die Chemikalien, füllte die
Entwicklerwanne und die Fixierbadwanne, entwickelte die
Negative, zweiundzwanzigmal Mieke und Mattis, und belichtete jedes Bild zweimal. Die Scharfeinstellung war diesmal kein Problem, Hans war ein guter Fotograf, schließlich
hatte ich meine Kamera von ihm und auch mein Fotowis-
sen habe ich von Hans gelernt.

Der helle Himmel oben zwischen den Bäumen, viele kahle
Äste, dazwischen würdevolle, dunkle Tannen und davor
meine Schwester und ich.

Auf einem Bild berührten sich unsere Schultern und auf
einem anderen Bild wehten Miekes Haare in mein Gesicht.

Ich versenkte die Aufnahme rasch im Fixierbad und ließ
die weiße Rückseite oben schwimmen.

Auf einem anderen Foto sah Mieke aus wie Britta auf alten
Jugendfotos. Ein dünnes, sommersprossiges Mädchen mit
großen Augen und in verrückten, zu groß geratenen Klamotten.

Ich wollte schon Schluss machen, als ich noch ein letztes
Bild auf dem Negativstreifen fand. Diese letzte Aufnahme
war ein bisschen verwackelt, wahrscheinlich hatte Hans geglaubt, der Film sei bereits voll, es war auch im Grunde nur
noch ein Dreiviertelbild.

Ich stand darauf starr wie eine Statue, weil Mieke sich
beim Reden leicht gedreht und dabei ihr Gesicht sehr nah an
mein Gesicht gebracht hatte. Wie erschrocken ich aussah!
Und keinem, weder Jost noch Hans oder Mieke, war etwas
aufgefallen an dem Tag. Entweder waren sie alle blind oder
ich war schlicht verrückt und bildete mir meine Gefühle für
Mieke bloß ein.

Jedenfalls entwickelte ich dieses Bild nur einmal und versteckte es anschließend sorgfältig in der dunklen Dunkelkammer.

Die anderen Bilder ließ ich zum Trocknen an der Leine hängen.

Dann ging ich in die Schule. Mieke war schon weg. Sie hatte ihre zwei schulfreien Morgenstunden mit Tamara und Helena im kleinen Park verbracht.

Die Sonne schien hell, als ich aus dem Haus trat. Ich schlenderte in die Schule und dort traf ich Katrin ...

Unser Klassenlehrer, Herr Jaster, brachte zur dritten Stunde ein fremdes Mädchen mit in die Klasse.

„Das ist Katrin", erklärte er uns hustend. Herr Jaster hustet fast immer. Er ist starker Raucher und starker Asthmatiker ist er auch.

Wir betrachteten Katrin. Herr Jaster, neben dem sie stand, ist ein ziemlich großer Mann. Aber Katrin erreichte ihn fast. Sie war mit Abstand das größte Mädchen, das ich je zu Gesicht bekommen hatte, bisher.

„Ich suche mir mal einen Platz, ja?", sagte sie selbstbewusst und durchwanderte in ein paar weichen, bunten Indianermokassins einmal den Klassenraum. Ganz hinten, gleich am Fenster, stand noch ein freier Tisch. Darauf drängten sich ein paar schlecht versorgte Topfpflanzen, unser Globus, der im letzten Herbst in Scherben gegangen ist, und unser Goldfisch Zeuss in seinem engen Aquarium.

Das fremde Mädchen räumte die Blumen auf die Fensterbank und gab ihnen dabei gleich eine ordentliche Portion Wasser, dann lächelte sie dem niedergeschlagen herumdümpelnden Zeuss mitleidig zu und ich wusste, sie würde sich seiner annehmen. Und ich wusste auch, dass unser Globus demnächst gekittet und wiederhergestellt sein würde.

Und ich behielt recht.

Katrin kam aus Mecklenburg-Vorpommern. Ihre Mutter war Schauspielerin und hatte mitten im Jahr zum Theaterensemble unserer Stadt gewechselt. Katrin war einen Meter achtzig groß und hatte ein ernstes, blasses Gesicht. Zu ihren bunten Lederschlappen trug sie farbige afrikanische Wickelröcke und über diesen verrückten Röcken eine amerikanische Armeejacke in verblichenen Tarnfarben.

„Ein irres Weib, was?", flüsterte mir Robert zu.

Ich antwortete nichts. Mir fiel einfach nichts zu sagen ein. Ich schaute einfach beeindruckt zu, wie dieses neue Mädchen in den nächsten Tagen ein neues Aquarium für Zeuss anschleppte, wie sie es nach Schulschluss installierte und wie sie Zeuss zu guter Letzt eine Goldfischfrau schenkte.

Katrin versorgte dann auch weiterhin unsere zotteligen Grünpflanzen, wirkte dauernd ein bisschen zerstreut, sprach uns alle nur selten an und las in den Pausen *Krieg und Frieden* von Tolstoi und *Emma* von Jane Austen.

Und eines Tages Ende März kam ich drauf, dass Katrin mir gut gefiel.

Der Himmel war grau. Mit wässrig blauen Schlieren darin, als habe jemand mit einem sehr nassen Pinsel sehr zarte Streifen mitten hinein gepinselt. Nur weit hinten, wo der Park längst zu Ende war, wo längst schon wieder die Stadt und der hohe Fernsehturm waren, war der Himmel lila.

Ich saß allein auf der alten Parkmauer und fühlte mich einsam. Robert traf sich heute mit Helena, das gefiel mir nicht besonders gut. Und Mieke war mit Frederik zu einer Miró-Ausstellung gegangen.

„Warum triffst du dich wieder mit diesem Hohlkopf?", hatte ich Mieke wütend gefragt.

Mieke zuckte mit den Achseln. „Weil ich ihn immer noch mag", sagte sie dann.

Wir schauten uns halb an und halb nicht an. Ich wurde plötzlich unheimlich müde. „Na dann, viel Spaß, Mieke", murmelte ich und ließ Mieke stehen.

„Du könntest ruhig mitkommen, wenn du willst", rief mir Mieke zögernd nach. Aber darauf gab ich keine Antwort. Ich machte bloß, dass ich wegkam.

Und bei Robert traf ich auf Helena.

„Was machst du denn hier?", fragte ich überrascht.

„Wir wollten gerade Tennis spielen gehen, Mattis", erklärte Robert verlegen und steckte seine Nase zurück in seinen Schrank, um weiter nach seinem Tennisschläger zu suchen.

Helena lächelte mir zu und ich war mir sicher, dass da etwas im Busch war mit Helena und Robert. Verdammt, hörte das denn nie mehr auf, dieses Herumbalzen und Weiberanmachen?

„Dann gehe ich wohl besser", sagte ich matt.

„Grüß deine Schwester von mir", bat mich Helena und sah hübsch aus.

„Werde ich machen", murmelte ich. Dann hatte Robert seine Sachen zusammengekramt und wir verließen zu dritt das Haus. Helena und Robert bogen links in die Straße ein und ich bog nach rechts ab.

„Tschüss, ihr zwei", sagte ich. „Viel Spaß."

„Ja, tschüss, Mattis", antwortete Robert. „Mach auch was Schönes, bloß nicht in Schwermut versinken, Alter ..."

Da machte ich mich auf den Weg in den Park.

Ob das mit Robert und Helena etwas werden würde? Ob sie sich heute noch küssen würden? Schließlich hörten sie beide gerne CDs von Miles Davis und verehrten ebenfalls beide die Musik von Bob Marley. Ich war wirklich sehr niedergeschlagen, als ich den Park erreichte. Ich wanderte durch das kleine Parktor, ging eine Weile den gewundenen Kiesweg entlang, vorbei am Kinderspielplatz und vorbei am großen Brunnen, danach wurde der Park weitläufiger, ich setzte mich in Trab und schlug mich schließlich quer in die Büsche. Ich schob eine Menge Zweige zur Seite und schlängelte mich durch das dämmrige Unterholz. Als ich den Teich und die alte Parkmauer erreichte, war ich schon ein bisschen ruhiger. Ich kletterte auf einen buckeligen Mauerstein und schmiss im hohen Bogen kleine Steine ins nahe Wasser. Ein paar dicke Enten schwammen neugierig heran. Wahrscheinlich waren sie hungrig und wollten begutachten, mit was ich da um mich warf.

Und dann war plötzlich Katrin da. Sie stapfte ebenfalls quer durch das Unterholz, zusammen mit zwei kleinen Kindern, die um sie herumquengelten.

Wie eine Riesin sah Katrin aus. Die Kinder hingen links und rechts an ihrem Arm und quietschten und schrien und lärmten die ganze Zeit. Katrin lächelte freundlich und unendlich geduldig zu ihnen hinunter und das sah sehr fürsorglich aus.

Ich schwang mich von meinem Stein.

„He, Katrin ...", rief ich ihr zu.

Katrin wirbelte erschrocken herum. „Ach, du bist es!", sagte sie dann. „Mensch, hast du mir einen Schreck eingejagt."

Wir gingen langsam aufeinander zu und schauten uns dabei an.

„Wer ist das, wer ist das, wer ist das?", riefen die Kinder.

„Das ist ein Junge aus meiner neuen Klasse", erklärte Katrin. Dann standen wir voreinander. Katrin war ein paar Zentimeter größer als ich, aber nicht viel, wir konnten uns direkt in die Augen sehen.

„Du hast da ein Blatt in den Haaren!", sagte ich schließlich.

Katrin lächelte und schüttelte ihre Haare.

Und plötzlich stellte ich mir vor, wie es wäre, Katrin, die blasse, ernste Riesin zu küssen.

Ich grinste verlegen und dann gingen wir, einfach so, zusammen weiter.

„Ich finde dich nett, Katrin", sagte ich irgendwann, als wir mit den Kleinen ungefähr hundertmal über den dahinplätschernden Bach gesprungen waren. Immer Hand in Hand in Hand in Hand. Katrin und ich außen und die Kleinen, Max und Sophie, innen. „Ich finde dich wirklich ... wahnsinnig nett."

Katrin zog die Stirn kraus. Wir standen vor dem großen Brunnen und Max und Sophie sammelten Kieselsteine. „Wie meinst du das?"

„Na, du bist nicht so aufgetakelt wie die meisten Mädchen aus der Schule, du machst diesen Technoblödsinn nicht mit. Und du bist nicht eingebildet oder so albern cool. Du bist eher wie ..."

Ich schluckte. „Du bist eher wie meine Schwester oder wie Helena. – Magst du Magdalena und Helena?"

„Sie sind nett, du bist auch nett. Ich finde die meisten aus der Klasse ziemlich nett."

Ich schaute Katrin direkt an. „Es ist prima, dass du zu uns gekommen bist. Du bist die erste Riesin, die ich kennengelernt habe."

„War das jetzt ein Kompliment?", fragte Katrin sachlich.

„Ja."

Wir lächelten uns zu. Und dann begleitete ich Katrin und ihre zwei kleinen Geschwister nach Hause.

Abends stand ich lange an meinem kleinen Fenster. Es wäre schön gewesen, wenn ein paar Sterne am Himmel gestanden hätten. Aber da waren bloß Wolken. Wolken, die dunkel und konturenlos wurden, nachdem die Sonne untergegangen war. Mieke und Frederik waren im Nebenzimmer. Ich konnte Frederiks Stimme manchmal hören. Was die beiden wohl gerade machten?

Ich schlüpfte aus meinen Klamotten und verkroch mich in mein Bett. Wie es sich wohl anfühlte, mit einem Mädchen zu schlafen? Ich kuschelte mich in meine Bettdecke und streichelte sachte meine eigene Haut. Ich dachte an Mieke und an Helena und an Katrin und befriedigte mich selbst.

Mitten in der Nacht wachte ich auf. Ich hatte einen Albtraum gehabt und war irgendwie gestorben, ganz schrecklich gestorben. Mein Gesicht war nass von Tränen und ich fror entsetzlich. Ich schlüpfte in meinen alten Jogginganzug und schlich mich aus meinem Zimmer. Eine Weile stand ich im dunklen Flur, dann ging ich auf Zehenspitzen zu Miekes Zimmer hinüber und spähte durch den kleinen Türspalt. Mieke schlief, Frederik war weg und ich wagte mich langsam näher.

„Mieke ...", flüsterte ich.

„Mattis?", murmelte Mieke schließlich.

„Ich habe etwas Furchtbares geträumt, Mieke."

„Willst du vielleicht bei mir schlafen?", fragte Mieke leise. „So wie früher?"

Ich nickte und schlüpfte bebend neben Mieke unter die Decke. „So wie früher", murmelte ich beschwörend.

„Was hast du denn geträumt?", fragte Mieke und lag weich und warm neben mir.

„Ich bin gestorben, ich glaube, es hat mich jemand getötet."

„Mein armer Mattis", sagte Mieke und streichelte mein Gesicht.

„Und, Mieke – ", flüsterte ich dann zögernd.

„Was?"

„Es könnte sein, dass ich mich ... in Katrin verliebt habe ..."

Es war ganz still plötzlich.

„He, Mieke ..."

„Lass uns jetzt schlafen, Mattis", bat Mieke mich da. „Lass uns jetzt lieber schlafen. Gute Nacht, Mattis."

„Gute Nacht, Mieke. Danke, dass ich bei dir sein darf. *So wie früher.*"

April

Wer hat je gesagt, der April sei ein verregneter Monat? Wirklich, jeden Tag schien die Sonne. Narzissen und Osterglocken blühten. Tulpen und Krokusse blühten. Über Nacht wurde die ganze Stadt glitzernd gelb, als die Forsythien ihre Blüten öffneten. Die Vögel zwitscherten zufrieden und kreisten übermütig am Himmel.

Frederik hatte keine Zeit mehr für Mieke, seit er mit einem Mädchen aus der Parallelklasse zusammen war. Jonas rief auch nicht mehr an, warum, weiß ich nicht, aber ich war erleichtert deswegen.

Mieke war in der letzten Zeit oft zu Hause, sie saß stundenlang am Klavier und spielte das zweite Klavierkonzert von Rachmaninow oder Stücke von Tschaikowsky oder Chopin.

„Warum spielst du keinen Mozart mehr, um Himmels willen?", fragte Jost, der Mozart liebt und Rachmaninow und Tschaikowsky und Chopin schwermütig findet.

„Mir ist eben nicht nach Mozart", sagte Mieke und spielte still weiter.

Robert und Helena waren auch kein Paar geworden. Aber Katrin und ich waren eins. Ich besuchte Katrin fast jeden Tag in dem riesigen alten Kasten mitten in der Stadt, in dem sie mit ihrer Familie wohnte.

Katrins Mutter war selten zu Hause, sie schien förmlich im Theater zu leben, ich hatte sie erst ein paarmal gesehen, eine Riesin wie ihre Tochter, noch größer als Katrin. Eine große, laute Frau, die immer in Eile zu sein schien. Katrins Vater dagegen war noch kleiner als ich, ein stiller Augenarzt, der in der Uniklinik am anderen Ende der Stadt Sehfehler mit Laserstrahlen behandelte.

Max und Sophie waren zwei laute Kinder von drei und

vier Jahren, die immerzu, wo sie gingen und standen, einen irren Lärm veranstalteten.

„Was gefällt dir bloß an dieser komischen Katrin?", fragte mich Robert ungefähr tausendmal am Tag. „Sie ist lang und blass und ein Trampeltier und einen richtigen Busen hat sie auch nicht mal ..."

„Man kann sich auf sie verlassen", sagte ich nachdenklich. „Sie ist, wie sie ist. Sie macht keinem was vor. Sie gefällt mir eben. Ich kann mir mit ihr die Sterne am Himmel angucken oder die neue, blöde Warze an meinem Fuß. Ihr ist nichts peinlich und mit ihr kann man über alles reden, nicht bloß über Kino und Partys und Musik."

„Ihre Mutter ist ein bunter Zirkuselefant und die beiden Kleinen sind Nervensägen, ehrlich, Mattis, ich kapiere dich nicht."

Wir schauten uns an. „Da sind eben tausend Sachen, die ich dir nicht erklären kann, Robert", sagte ich schließlich leise.

„Habt ihr euch denn schon mal geküsst, du und diese Katrin?"

„Sag doch nicht immer ‚diese Katrin' zu ihr", bat ich Robert ungeduldig. „Ja, wir haben uns geküsst. Einmal."

Robert grinste. „Einmal, wow. Wie ist es gewesen?"

Ich dachte nach. Wie war es gewesen? Wir waren mit Max und Sophie im Zirkus, Sophie wäre mir beinahe durch die Stufe unter unserer harten Holzsitzbank hindurchgerutscht. Erst im allerletzten Moment hatte ich ihre Hose hinten zu fassen gekriegt und habe das davonsausende Kind daran festgehalten.

„Verflixt", stöhnte ich und zog die zappelige Sophie zurück auf meinen Schoß. „Verflixt, Sophie, jetzt wärst du fast ..."

Ich blinzelte entsetzt in die dunkle Tiefe unter unserer

Sitzreihe hinunter. Es war ein weites Stück bis zur Erde hinunter. Mir wurde ganz flau im Bauch. Angenommen, das Kind wäre wirklich ...

Max hatte gar nichts mitbekommen, der hockte eng an Katrin geschmiegt da, schaute mit aufgerissenen Augen auf die Tiger und Löwen in der Zirkusarena und war ausnahmsweise einmal still. Sophie, auf meinem Schoß, schaute auch längst wieder ungerührt dem Zirkustreiben zu, da drückte Katrin ihre Stirn gegen meine Schläfe.

„Tausend Dank, dass du sie festgehalten hast, Mattis", sagte sie leise. „Aber jetzt ist es doch vorbei, du bist immer noch leichenblass."

Ich guckte Katrin an und Katrin guckte mit ihren großen, dunklen Augen ernst zurück. Nicht unbedingt romantisch, nicht unbedingt verliebt, aber freundlich und ernst und ruhig.

Ich beugte mich vorsichtig vor, mit Sophie auf den Beinen, und legte meine Lippen auf Katrins Lippen. Weich und warm fühlte sich dieser Kuss an. Ich schloss die Augen, konzentrierte mich bloß noch auf diesen Kuss und, sehr mechanisch, noch darauf, Sophie nicht noch einmal ins Rutschen kommen zu lassen. Mit meiner Zunge öffnete ich Katrins Mund ein bisschen und unser Kuss wurde noch weicher, noch sanfter als vorher.

„He, nicht drängeln, nicht drängeln", jammerte Sophie und begann, auf mir herumzuhopsen.

Da hörten wir mit unserem Kuss auf und lächelten uns bloß noch kurz einmal zu, ehe wir uns wieder um die Kinder kümmerten.

Ein schöner Kuss war das gewesen, da war ich mir jetzt sicher.

„Es war schön", erklärte ich Robert und nickte. „Es war wirklich ziemlich schön, wir haben uns im Zirkus geküsst."

84

Robert grinste. „Im Zirkus, so ein Pech. Da konntest du sie ja gar nicht richtig anmachen."

„Ich wollte sie auch gar nicht unbedingt weiter anmachen, ich wollte sie nur mal küssen, das ist alles", knurrte ich gereizt.

Robert hörte nicht auf zu grinsen. „Mattis van Leeuwen, der Genügsame", rief er. „Ein kleiner Kuss in Ehren und alle Wollust ist besiegt."

Ich tippte mir gegen die Stirn.

„Und Magdalena hast du auch schon angesteckt mit deiner asketischen Genügsamkeit", fuhr Robert fort. „Mal im Ernst, Mattis, was ist mit deiner Schwester los?"

Ich hob den Kopf. „Was soll los sein mit Mieke?"

Robert zuckte mit den Achseln. „Frederik sagt, sie hat ihm den Laufpass gegeben, die Kleine aus der Parallelklasse ist nur sein Versuch, sich abzulenken. Jonas sagt, Magdalena muss in einen anderen verliebt sein, sie hätte Tamara gegenüber so was angedeutet. Also, Mattis, warum läuft Magdalena mit einem Gesicht durch die Gegend, als habe ihr irgendetwas die Petersilie verhagelt?"

Ich schwieg und versuchte, einen klaren Gedanken zu fassen. Hatte sich Mieke, ohne dass ich es mitbekommen hatte, in einen anderen Jungen verliebt?

Später redeten Robert und ich von unverfänglicheren Dingen und irgendwann brach ich auf und rannte nach Hause.

Mieke saß am Klavier. Ich schob mich ins Wohnzimmer, lehnte mich dort gegen das hohe Bücherregal und hörte zu. Mieke hatte ihre Haare in einen lockeren Zopf gebunden und steckte in einem riesigen schwarzen Wollpulli, der eigentlich Hans gehörte. Ihre Beine waren nackt. Sie saß kerzengerade auf dem Klavierhocker und spielte und spielte

85

und spielte. Miekes Nacken sah unglaublich dünn und verletzlich aus und überhaupt sah Mieke unglaublich dünn
und verletzlich aus. Meine Hände bebten und ich hielt eine
Hand mit der anderen Hand fest, um nur nicht meinem
Wunsch nachzugeben, mit meinen Zitterfingern Miekes
weichen, schmalen Nacken für einen kurzen Moment bloß
mal zu berühren, zu streicheln.

Ich schaute zu Josts Porträt unserer Mutter hinüber. Und
meine Mutter schaute mich ernst und nachdenklich an. Ich
schloss für einen Moment die Augen.

Ja, Mama, so steht es um mich. Vielleicht bist du die Einzige, die
es wissen darf, denn schließlich bist du ja tot und Tote kennen
wahrscheinlich keine Gesetze und keine Moral mehr. Geschwisterliebe.
Ach Mama, ich sehne mich so sehr nach Miekes Körper wie ein
Verdurstender in der Wüste nach Wasser. Mir tut manchmal alles
weh, wenn ich an Mieke denke. Mein Kopf, mein Bauch, mein Herz.
Und sogar meine Arme, Beine, Finger, Fußzehen und meine Ohren.
Alles tut weh, alles in mir drin schreit nach Mieke ...

Meine Mutter schaute sanft durch mich hindurch.

Da drehte ich mich um und stolperte zum Klavier. „Darf
ich mitspielen, Mieke?"

Stumm rutschte Mieke auf dem Klavierhocker ein Stück
zur Seite. Ich schob mich neben sie und legte meine Finger
neben Miekes Finger auf die weißen Tasten. Wir spielten
gemeinsam Ases Tod aus Edvard Griegs Peer Gynt, einmal,
zweimal, dreimal. Schließlich hatten wir genug. Es wurde
still und unsere Hände lagen bewegungslos auf den matt
glänzenden Tasten. Ich schaute unsere Hände an. *Völlig*
gleiche Hände, dachte ich verzweifelt. Aber außer unseren
gleichen Fingern, die lang und schmal sind, mit fast quadra-
tischen, kurzen Nägeln, haben wir nicht viel Ähnlichkeit,
beschwor ich mich innerlich. Meine Haare sind blond und
zottellockig und meine Augen sind eisgrau. Miekes Augen

sind grün wie Blätter. Und ihre Haare haben eine Farbe wie nasser Sand am Strand. Und klein und schmal ist Mieke. Ich selbst bin ein ganzes Stück größer als sie.

Im Zimmer war es längst dämmrig, auf der Straße waren die Laternen angesprungen, das Zimmer um uns herum verschwamm im Abendlicht, die Bilder an den Wänden und das hohe Bücherregal wurden blicklos.

„He, Mieke ...“, sagte ich schließlich.

Mieke hob den Kopf und schaute mich an.

„Kennst du es, dass du etwas willst, ganz furchtbar willst, aber es wird nie passieren?“, fragte ich unendlich leise und starrte schon wieder zurück auf meine Finger dabei.

Lange sagte Mieke nicht ein Wort. „Ja“, flüsterte sie irgendwann. Und mehr nicht. Da musste ich weinen. Ich weinte los wie als ganz kleines Kind früher, laut und verzweifelt.

Und da küsste mich Mieke für einen winzigen Moment auf den Mund. Es wurde ein ziemlich verunglückter Kuss, weil ich erschrocken zurückzuckte und weil ich dabei immer noch weinte und weinte und weinte. Dann stand Mieke wortlos und erschrocken auf und rannte hinauf in ihr Zimmer.

Ich saß noch lange reglos vor dem Klavier. Meine Augen brannten wie Feuer, aber ich konnte trotzdem nicht aufhören mit Weinen. Dreimal klingelte das Telefon und dreimal klinkte sich der Anrufbeantworter ein. Anrufer eins war Katrin, die meinen Besuch wünschte. „Auf morgen in der Schule, Mattis“, sagte Katrin zum Schluss. „Ich freue mich auf die Osterferien, ich will tausend Sachen mit dir unternehmen.“

Anrufer zwei war Jost, der uns mitteilte, dass es heute Abend spät werden würde, er habe eine Bekannte getroffen und ginge mit ihr noch ein Glas Wein trinken.

Anrufer drei war Oma Marijke, die mit deprimierter Stimme um dringenden Rückruf bat.

Irgendwann an diesem Abend ging ich schlafen. Ich schleppte mich in mein Zimmer und legte mich, wie ich war, in mein Bett. Mein Kopf dröhnte und ich versuchte verzweifelt einzuschlafen. Ich schwitzte mein T-Shirt nass und zog es mir fluchend über den Kopf. Im Haus, um mich rum, war es totenstill. Ich stellte meine Anlage ein und schob wahllos eine CD in den CD-Player.

I can't live, with or without you ...

In meinem Kopf drehten sich die Gefühle wie in einem Karussell, ich schlug mir gegen die Schläfen und meine Hände fühlten sich kalt und taub dabei an. Die Matratze unter mir wurde hart wie ein Brett und das blöde Kissen war klumpig und heiß – und verschwitzt. Ich schmiss es stöhnend auf den Boden und kniff die Augen so fest zu, dass es wehtat.

„Einschlafen", murmelte ich erschöpft. „Ich will doch nur einschlafen, das ist alles. Ich will nicht mehr denken müssen. An Mieke. An Miekes Körper. An Miekes Kuss, an diesen kleinen, dünnen, verrutschten Kuss am Klavier."

Dieser Kuss, den wir uns eigentlich nicht hätten geben dürfen. Denn was hatte damals Annegrets Nachbarin in der Lüneburger Heide zu uns gesagt? *Was seid ihr nur für Ferkel!*

Ich versuchte verbissen, den Schlaf herbeizuzwingen. Und wurde immer ruheloser. Miekes Gestalt und Katrins Gesicht wirbelten mir hohnlachend durch den schmerzenden Kopf. Dazu Frederik, der das Chaos in meinem Schädel zu einem Sturm anfachte. Der selbstbewusste, sportliche Frederik mit dem hübschen Gesicht. Sein lachender Mund, mit dem er Miekes Hals geküsst hatte, mit dem er Mieke derart gierig geküsst hatte, dass die Spuren dieses langen Kusses hinterher nicht zu übersehen gewesen waren. Frederik, der mit

Mieke hatte schlafen wollen. Dabei war Mieke noch nicht mal siebzehn. Keiner sollte mit ihr schlafen dürfen. Keiner. Keiner. Keiner.

Ich japste nach Luft und sprang zum Fenster. Ich brauchte jetzt dringend frische Luft. Ich kroch auf mein Fensterbrett und starrte in die dunklen Bäume im Garten. Sehr lange saß ich so. Die Kälte der Nacht kroch ganz langsam in mich hinein, ein gutes Gefühl. Der heiße Schweiß auf meinem Körper verdampfte. Meine Haut wurde trocken und eiskalt. Ich legte meine Hand auf mein Herz und spürte meinen Herzschlag. Dieses Kalte auf meinem wahnsinnigen Körper, diese Starre, in die mein Körper plötzlich fiel, fühlte sich ein bisschen so an, wie ich mir Sterben vorstellte und ich stelle mir das Sterben oft vor, weil ich Angst davor habe.

Der Garten war regungslos, kein Blatt rührte sich, keine der vielen Frühlingsblumen bewegte sich. Voller Panik schloss ich wieder das Fenster und tigerte, um Bewegung in meine erstarrten Glieder zu kriegen, wie ein Wilder durch mein kleines, kalt gewordenes Zimmer. Schließlich schlich ich mich auf Zehenspitzen hinunter ins Wohnzimmer und klaute mir die einzige Flasche mit Alkohol, die ich auftreiben konnte.

Eine Flasche Wodka. Hans hatte sie Jost im letzten Herbst aus Sankt Petersburg mitgebracht.

Jost war auch noch nicht zurückgekommen. Ich runzelte die Stirn. Es war halb drei inzwischen. Ich hockte mich in Josts warmes Arbeitszimmer und kippte, Schluck für Schluck, diesen abscheulichen Wodka in mich hinein. Ich trank vorsichtig, schließlich war ich Alkohol nicht unbedingt gewöhnt. Nach und nach verschwammen die Dinge vor meinen Augen zu einer weichen, heiteren Masse. Ich hatte plötzlich den verrückten Drang zu lachen, zu kichern, mich selbst zu umarmen, etwas Verrücktes zu tun. Ich schob eine

Mozartscheibe in Josts Anlage und hopste zu Mozarts vergnügten Violinenklängen vergnügt durch Josts Zimmer.

In einer Ecke entdeckte ich die schallend lachende Frau wieder. Jost schien noch eine ganze Menge an dem Bild gearbeitet zu haben. Ich küsste der schönen Frau charmant die schwungvollen Lippen, sie lachte unbeeindruckt weiter und da ging ich auf wackeligen Puddingbeinen davon und schlich mich auf Zehenspitzen in Miekes Zimmer hinauf.

Mieke schlief, allerdings brannte ihr kleines Nachttischlämpchen noch. Neben Miekes Gesicht lag ihr aufgeschlagenes Tagebuch. Ich schlich mich auf unsicheren Beinen näher. Der Alkohol machte mich mutig, ich wusste natürlich, dass es der Alkohol war, der mich hierher führte, ich wusste auch, es wäre besser, nicht hier zu sein, nicht die schlafende Mieke zu betrachten, die nicht wusste, dass ich hier war. Ich beugte mich über sie und spürte ihren Atem in meinem Gesicht. Vielleicht bildete ich mir das aber auch nur ein, möglich ist das, aber es fühlte sich schön an, so nah bei Mieke zu sein. Mir wurde schwindelig. Miekes Brust hob und senkte sich und ihr Gesicht war ganz ruhig, ganz glatt.

Ich schwankte und mein Atem ging, als wäre ich eben vom Joggen heimgekommen. Ich presste mir eine Hand vor den Mund. Dann fiel mein Blick auf Miekes letzte Tagebucheintragung.

Mattis, Mattis, Mattis, stand da, weiter nichts. Die Buchstaben tanzten mir vor den Augen. Ich wich zurück und stürzte aus Miekes Zimmer. Auf der Toilette brach ich den ganzen blöden Wodka wieder aus, dann kroch ich in mein Bett und fiel augenblicklich, ohne einen einzigen klaren Gedanken fassen zu können, in ein dunkles Loch aus Schlaf.

Am anderen Tag war Jost wieder da und er war nicht unbedingt gut auf mich zu sprechen. Die halb volle Flasche

Wodka musste mir bei meinem nächtlichen Getanze in Josts Zimmer umgekippt sein und sie war auf ein paar Kohleskizzen gefallen, an denen Jost im Augenblick arbeitete und die jetzt verdorben waren. Außerdem war die Toilette verkotzt und nicht sauber gewischt und ich selbst war leichenblass und verkatert.

Jost schickte Mieke, die ich mich nicht anzuschauen traute, allein in die Schule und mich schickte er zurück ins Bett. Allerdings verpasste er mir vorher noch eine ziemlich gereizte Standpauke. Er erklärte mir, dass Wodka für meinen sechzehnjährigen Körper schlichtweg verboten sei und nächtliche, betrunkene Eskapaden ebenso. Und dass ich, sollte es mich dennoch mal wieder packen, mein Zimmer durcheinanderbringen solle und nicht seins. Schon gar nicht, wenn dort wichtige Zeichnungen ausgebreitet lägen.

„Kein Alkohol mehr, Mattis, versprochen?", knurrte er.

„Ja, verflucht", murmelte ich aggressiv.

„In Ordnung", sagte Jost und lächelte schon wieder. Allerdings war er von seiner sonstigen Ruhe selbst meilenweit entfernt.

„Wann bist du denn heute Nacht überhaupt heimgekommen?", fragte ich dann doch noch, ehe ich zurück in mein Zimmer wanderte.

„Spät", war alles, was Jost mir darauf antwortete. Ich blieb stehen und schaute meinen Vater verwirrt an. „Was ist nur los mit dir in der letzten Zeit, Jost?", fragte ich vorsichtig.

Jost hob nur hilflos die Schultern. „Ich glaube, ich habe mich ... verliebt", sagte er schließlich und seine Stimme klang verwundert. „Dabei habe ich das überhaupt nicht gewollt, ganz sicher nicht."

Ich stand da wie erstarrt. Also doch. Die lachende Frau auf der Staffelei. Was war bei uns bloß los in der letzten Zeit? Nichts war mehr so, wie es sein sollte.

„Richtig verliebt?", stammelte ich erschrocken.

Jost nickte. „Ich denke schon."

Wir schauten uns an. Und beide wollten wir eigentlich nicht weiterreden, aber wir fanden auch beide keinen schlauen Fluchtweg aus unserem angefangenen Gespräch.

„Ich habe da ja noch nie richtig durchgeblickt", sagte ich schließlich leise. „Du und die Frauen, meine ich. Ob du manchmal was hast mit einer Frau. Oder nicht. Weil, wir haben da nie etwas mitgekriegt."

Jost stand verlegen vor mir. „Manchmal war da natürlich was. Ich meine, ich habe schon mal mit einer Frau ... geschlafen, oder so. Aber so richtig verliebt habe ich mich nie dabei."

Ich nickte schwach. „Aber jetzt dann doch, was?"

Jost nickte. „Ja, jetzt dann doch. Ich muss dauernd an sie denken. Und es tut mir weh, wenn sie mal nichts von sich hören lässt, wenn sie mal keine Zeit für mich hat."

Ich grinste gequält. „Ich kenne das auch", sagte ich leise, obwohl ich eigentlich meinen Mund halten wollte. „Wenn es wehtut, meine ich. Wenn man jemanden, nach dem man sich sehnt, nicht erreichen kann."

„Bist du etwa auch ... verliebt, Mattis?", fragte Jost lächelnd.

Ich öffnete den Mund, schnappte nach Luft, wollte so gerne etwas sagen, aber ich wusste nicht, was. Da zuckte ich nur traurig mit den Achseln, ballte meine Hände in den Hosentaschen zu Fäusten und wanderte zurück in mein Bett.

Mittags rief Oma Marijke wieder an. Und sie beklagte sich wie immer darüber, dass keiner von uns sie zurückgerufen hatte. Ich entschuldigte mich bei ihr und hatte wirklich ein schlechtes Gewissen.

Oma Marijke seufzte. „Ich bin ziemlich einsam", erklärte sie mir niedergeschlagen. „Ich habe früher nicht gewusst, dass Einsamkeit wirklich wehtun kann. Und warum gibt es keine Medizin dagegen? Es gibt Medikamente gegen jeden Unsinn, aber nicht gegen etwas wirklich Ernsthaftes wie das."

Und dann verlangte Oma Marijke, einer von uns sollte für eine Ferienwoche zu ihr nach Amsterdam gereist kommen.

„Du hättest dich wohl doch besser nicht scheiden lassen sollen vor zwei Jahren, was?", fragte ich sie vorsichtig, denn ich begab mich mit diesem Thema auf das gefährliche Pflaster von Oma Marijkes Gefühlen. Opa Veit, der schon immer ein großer Casanova gewesen ist, hatte Oma Marijke jahrelang mit diversen Frauen hintergangen. Opa Veit war der Ansicht, er hielte diese Angelegenheit ziemlich gut geheim, während Oma Marijke ihm schon vor vielen, vielen Jahren auf die Spur gekommen war. Aber sie hat jahrelang getan, als wisse sie von nichts, dabei war sie sehr verletzt und gekränkt. Opa Veit war trotzdem, oder gerade wegen seiner Schuldgefühle gegen Oma Marijke, ein wirklich reizender Ehemann, er hat Oma Marijke jeden Monat einmal groß ausgeführt und einmal im Jahr sind sie zusammen nach Venedig geflogen, aber dann, vor zwei Jahren, ließ er sich, mal wieder in geheimer Betrugsmission unterwegs, mit einer guten Freundin von Oma Marijke ein. Und als Oma Marijke hinter diesen jüngsten Betrug kam, setzte sie sich in ein Taxi und fuhr erst zu dieser untreuen Freundin, der sie eine gepfefferte Ohrfeige verpasste, dann fuhr sie zu einem Rechtsanwalt und reichte die Scheidung ein und dann flog sie allein nach Venedig und weinte sich dort die Augen aus dem Kopf. Das war vor zwei Jahren und seitdem ist der Stand der Dinge für Marijke und Veit kein guter mehr: Opa Veit hat ohne Oma Marijkes frohsinniges Alltagswesen die Energie verlassen und er ist ziemlich alt und faltig und kahlköpfig und schwermütig geworden. Und Oma Marijke hat nervöse Schlafstörungen, Albträume und ist dauernd niedergeschlagen. Aber stur und unversöhnlich sind sie alle beide.

„Jemand muss zu Oma Marijke fahren", habe ich beim Mittagessen achselzuckend zu Jost gesagt. Mieke habe ich mich immer noch nicht wieder anzusehen getraut.

„Was ist los, hat sie etwa schon wieder angerufen?", fragte Jost seufzend.

Ich nickte.

„Verflixt", stöhnte Jost. „Ich war schließlich erst vor zwei Wochen bei ihr."

„Ich denke, sie geht jetzt zur Therapie", erkundigte sich Mieke besorgt. Mieke liebt Oma Marijke sehr.

„Sie hat natürlich längst wieder abgebrochen", murmelte Jost. „Sie hockt den ganzen Tag allein zu Hause rum und vermisst Opa Veit, mit ihr ist nichts anzufangen."

„Das klingt so, als wäre Opa Veit tot und begraben, es ist wirklich albern. Und dabei wohnt er bloß zwei Blocks weiter und ist genauso schlecht drauf wie sie." Mieke legte ihre Gabel weg. „Ich werde hinfahren", sagte sie entschieden. „Schließlich haben wir seit heute Ferien und hier ..."

Mieke schaute mich an, das spürte ich, und guckte selbst umso konzentrierter auf meinen Teller.

„... und hier werde ich sowieso bloß verrückt", fuhr Mieke trotzig fort und sprang auf. „Ich such mir einen Zug raus und packe meinen Kram!"

Und das tat Mieke. Und dann umarmte sie Jost zum Abschied. Ich stand mit hängenden Armen im Flur und wollte etwas sagen, aber der Hals war mir wie zugeschnürt.

Und dann fuhr Mieke nach Amsterdam, ohne sich von mir zu verabschieden.

So begannen die Osterferien. Ich verkroch mich in meinem Zimmer und hatte Weltschmerz.

Katrin kam manchmal und ab und zu hatte ich Glück und sie brachte Max und Sophie nicht mit. Dann saßen wir in meinem Zimmer und spielten Scrabble und Kniffel und Stadt-Land-Fluss. Ich kannte mit jedem Buchstaben einen Fluss, sogar mit C und X und Y. Und darum gewann ich immer.

Katrin wollte auch meine Dunkelkammer sehen und ich zeigte ihr, wie man Fotos entwickelt und vergrößert. Einmal küssten wir uns im dunklen Keller und irgendwann schob ich meine Hand vorsichtig unter Katrins Pulli und fasste für einen kurzen Moment ihre Brust an. Das war ein schönes Gefühl und ich hätte Katrin gerne noch weitergestreichelt, aber leider klingelte es in diesem Moment an unserer Haustür Sturm und Robert stand wie ein begossener Pudel im Regen.

„Oh, Katrin ist da", sagte er, als er die Riesin an meiner Seite sah. „Dann gehe ich wohl besser wieder."

Er sah aus wie ein Häuflein Unglück. Katrin und ich sahen uns an und zogen Robert ins Haus.

„Was ist passiert?", fragte ich besorgt.

„Mein Vater zieht aus", sagte Robert niedergeschlagen. „Er hat da in Berlin eine Frau kennengelernt, mit der er leben will."

„Mist", murmelte ich und dachte für einen Augenblick an Jost, der zurzeit auch von einer fremden Frau total abgelenkt zu sein schien.

„Am liebsten würde ich mit meinem Vater gehen", sagte Robert düster. „Ich kann mit ihm viel besser als mit meiner Mutter, aber sie fragen mich natürlich nicht mal. Dieser Gedanke kommt ihnen eben überhaupt nicht ..."

Ich legte meinen Arm um Roberts Schulter.

95

„Wenn er nur mein richtiger Vater wäre", sagte Robert, „dann würden sie mich das fragen, da bin ich mir sicher. Aber so ..."

Er zuckte mit den Achseln. „Ich bin ihm wahrscheinlich überhaupt nicht wirklich wichtig, dabei ist er doch der einzige Vater, den ich habe, verdammt noch mal."

Katrin blickte nicht ganz durch bei dem, was Robert da erzählte, aber sie sagte kein Wort, sondern saß einfach friedlich und geduldig bei uns. Ich hatte Katrin sehr gerne in diesem Moment. Ich lächelte ihr zu und stellte mir mal wieder vor, wie es wohl wäre, eines Tages mit ihr zu schlafen ...

Ein paar Tage später fuhr Robert mit seinem Vater nach Berlin, um die Trennungsgeschichte zu besprechen. Augenscheinlich lag Roberts Vater wohl doch eine ganze Menge an Robert. Ich war erleichtert deswegen.

Dann verreiste Katrin mit ihren Eltern und Geschwistern für eine Woche und ich blieb allein zurück. Zweimal traf ich mich mit Konrad. Und einmal mit Tamara und Jonas. Ansonsten saß ich zu Hause rum und wartete auf einen Anruf von Mieke. Aber es kam kein Anruf. Tagelang nicht. Ich hockte wie gelähmt am Telefon und starrte auf die Tasten. Hundertmal am Tag tippte ich Oma Marijkes Nummer in den Apparat, aber jedes Mal legte ich schnell den Hörer zurück aufs Telefon, wenn es in der Hörmuschel zu tuten begann.

Einmal rief ich Opa Veit an und redete auf ihn ein wie auf einen lahmen Gaul, sich mit Oma Marijke endlich auszusöhnen.

„Sie unterbricht doch jedes Mal die Leitung, wenn ich sie anrufe", knurrte Opa Veit. „Und sie schickt die Post zurück, die ich ihr schicke. Und sie nimmt die Blumen nicht an, die ich ihr bringen lasse. – Sag mir, Martin, was soll ich noch tun?"

Ich wusste es auch nicht. „Du hast sie eben sehr verletzt, Opa", sagte ich achselzuckend.

„Du lieber Himmel, das weiß ich ja", murmelte Opa Veit verzweifelt. „Aber die Frauen haben mich eben nie kaltgelassen. Ich habe versucht, die Weibergeschichten sein zu lassen, aber ich habe es nicht geschafft. Ich bin schließlich erst achtundsechzig. Mein Vater hat noch mit achtzig ... Aber lassen wir das."

Und das taten wir.

Eines Tages kam Jost mit dieser Frau nach Hause und sie blieb zum Abendessen. Es war dieselbe Frau, die er im Januar schon mal mitgebracht hatte. So jung war sie gar nicht mehr. Wenn man sie näher ansah, konnte man eine Menge kleine Fältchen um ihre Augen herum erkennen und dazu zwei tiefere Lachfalten am Mund.

„Ich heiße Gisela", erklärte mir die Frau und schüttelte meine Hand. „Ich unterrichte Kunst und Kunstgeschichte an der Uni und deinen Vater kenne ich schon eine Weile. Ich habe französischen Käse und Weintrauben mitgebracht, wollen wir zu dritt essen?"

Ich nickte überrumpelt.

Jost wirkte ein bisschen fahrig und durcheinander und er schaute mich beim Essen manchmal unsicher an.

„Du hast noch eine Schwester, nicht wahr?", fragte mich Gisela freundlich. „Ihr seid Zwillinge, wie Jost mir erzählt hat."

Ich nickte. Sicher wusste diese Gisela noch eine ganze Menge mehr von Mieke und mir. Jost erzählte schließlich gerne von uns.

„Es ist schön hier", sagte Gisela später und schaute sich im Haus um.

97

Und dann blieb sie tatsächlich über Nacht bei uns. Jost spielte den halben Abend lang auf dem Klavier und Gisela saß auf dem Teppich vor dem Kamin, hörte zu und betrachtete sich Josts Bilder, alte und neue, kunterbunt durcheinander.

Ich ging in mein Zimmer und hatte Angst vor dem, was kommen würde, was sich noch ändern würde bei uns.

Ich hatte Angst vor der Zukunft.

In der Nacht träumte ich von Mieke. Es war so ein Traum wie damals von der Frau ohne Schuhe im Schuhgeschäft, nur dass es eben Mieke war, die mit nackten Beinen auf mich zukam und ihren Schlafschlumpf so sanft in meine Arme legte, als wäre er ein neugeborenes Baby. „Mattis", sagte die Traummieke sanft. „Mattis, Mattis, Mattis."

Da nahm ich sie in die Arme.

„Was sollen wir nur tun?", fragte die Traummieke.

„Lass uns irgendwo hingehen und zusammen schlafen", sagte ich und griff nach Miekes Händen.

Dann wachte ich auf und zitterte vor Erregung am ganzen Körper. Ich stürzte ins Bad und wusch mich mit eiskaltem Wasser sauber. Und dabei weinte ich so sehr, dass es mich, tief innendrin in mir, fast zerriss.

Und dann wurde ich krank. Aus Sehnsucht nach Mieke. Oder auch, weil ich Nacht für Nacht auf meiner Fensterbank hockte und aus dem offenen Fenster hinaus in die dunkle Nacht starrte. Ich bekam Fieber und einen derartigen Schüttelfrost, dass meine Zähne laut klappernd aneinanderschlugen, während ich zusammengerollt wie ein kranker Igel unter meiner Bettdecke lag. Ich versuchte mich mit lauter Musik, mit guten Büchern und billigen Comics und mit Videogucken abzulenken, aber eigentlich hatte ich zu all dem überhaupt keine Lust. Genau genommen hatte ich zu nichts Lust. Ich wurde von Minute zu Minute unglücklicher.

Jost traf sich jeden Tag mit dieser Gisela, über die ich an und für sich nichts Schlechtes sagen konnte, außer dass sie mich störte, dass sie sich ganz und gar überflüssig in mein Leben hineindrängelte.

„Ich habe dir ein paar Zitronen mitgebracht", sagte sie mir am Montag. Ich lächelte ihr matt zu und ließ die Zitronen unangerührt. Mittwochs kam sie schon wieder in mein Zimmer und schlug mir eine Partie Canasta vor, solange Jost noch am Arbeiten sei. Ich lehnte höflich ab. Am Freitag klopfte Gisela wieder an meine Zimmertür.

„Darf ich dir deinen Vater für dieses Wochenende entführen?", fragte sie mich und setzte sich einfach auf mein Bett. „Ich möchte mit ihm nach Prag auf eine Kunstausstellung junger ungarischer Kunststudenten. Aber Jost hat Bedenken, weil du krank im Bett liegst. Also, was ist, kann ich ihn beruhigen?"

Ich nickte und Jost und Gisela fuhren nach Prag.

Es wurde geradezu gespenstig still im Haus. Irgendwann hielt ich es im Bett nicht mehr aus. Ich ging unter die Dusche und duschte eine halbe Ewigkeit lang. Dann zog ich mich an und durchwanderte still unser kleines, unordentliches Haus. Ich guckte in Josts Arbeitszimmer, ich nahm mir ein paar Knäckebrote aus der Speisekammer, ich klimperte auf dem Klavier herum, ich ging in Miekes Zimmer und legte mich für eine Weile, angezogen wie ich war, sogar mit Turnschuhen, in Miekes Bett hinein. Ich zog mir Miekes Kopfkissen über den Kopf und atmete einen schwachen Hauch Miekeduft ein. Dann stürzte ich hinunter in meine Dunkelkammer und zog mit fliegenden Fingern das versteckte Foto hervor, auf dem Miekes lachendes Gesicht und mein erschrockenes Gesicht so dicht beieinander waren, dass es beinahe aussah, als würden wir uns gleich küssen. Es war dabei völlig egal, dass Hans die Aufnahme ein bisschen verwackelt hatte. Ich saß bestimmt eine Stunde lang reglos vor diesem Bild und eine wilde Woge Sehnsucht und Wut und Erregung und Verzweiflung packte mich.

„Ich bin verliebt in meine eigene Schwester", sagte ich schließlich halblaut und lauschte dabei erschrocken auf den Klang meiner Stimme. Himmel, wie unvorsichtig, wie gewagt, diese verbotenen Worte laut auszusprechen. Ich schluchzte auf und verließ eilig den dunklen Raum. Ich brauchte jetzt Licht und Luft und die Gewissheit, wirklich allein im Haus zu sein. Wie ein Betrunkener oder ein Geisteskranker raste ich im Haus herum. „Hallo, ist hier jemand? Hallo? Haaaaaalllllooo?"

Die Wände um mich herum schauten mich stumm an. Ich war allein. Allein. Allein. Ich galoppierte zurück in meinen Fotokeller und nahm, außer dem geheimen Foto, alle anderen Fotos mit, die Hans von Mieke und mir im Wald geschossen hatte. Alle zweiundzwanzig Fotos. Ich breitete sie im Wohnzimmer auf dem Boden aus und setzte mich davor.

„Mieke", flüsterte ich. „Mieke, komm nach Hause, die Ferien sind fast rum. Oma Marijke geht es sicher besser jetzt, die Sonne scheint, es ist Frühling. – Mieke, ich vermisse dich so sehr ..."

Meine Stimme war immer leiser geworden.

Die Mieke auf den Fotos lachte mich an. Sanft und schön und erregend und vertraut. Wahnsinnig vertraut.

Plötzlich sprang ich erneut auf und jagte zu Josts Bücherregal. Ich brauchte ein Lexikon. Wo war der Buchstabe I? I wie Inzest. Ich weinte schon wieder.

Da, *His–Kaki*. Ich blätterte mit kalten Fingern in dem blöden Buch herum, eine Seite riss ein, ich verheddert mich komplett. Aber schließlich hatte ich es.

Inzest.

Inzest, der; (lat.) siehe Blutschande. Inzestehe, die sexuelle Verbindung zwischen nächsten Verwandten (z. B. Geschwistern), Form der Inzucht.

Inzucht. Ich saß stumm da, eine ganze Weile lang, dann suchten meine Augen weiter.

Inzucht.

Inzucht, die Fortpflanzung unter nahe verwandten Lebewesen.

... und wieder: Siehe Blutschande.

Ich schob das Lexikon mit zitternden Fingern zurück ins Regal und nahm zögernd ein anderes dafür heraus. Band zwei, *Ban–Buch.*

Meine Hände waren so kalt, dass ich das Gefühl hatte, das Buch fast nicht halten zu können. Mit klammen Fingern krallte ich mich mühsam daran fest.

Ich blätterte und blätterte und schließlich fand ich die Seite, nach der ich suchte.

Blutschande. Zwischen Blutsbrüderschaft und Blutschwamm.

Blutschande, Inzest, der geschlechtliche Verkehr zwischen nahen Verwandten. Der Beischlaf mit Verwandten absteigender Linie wird mit Freiheitsstrafe bis zu 3 Jahren oder Geldstrafe bestraft, mit Verwandten aufsteigender Linie oder unter Geschwistern mit Freiheitsstrafe bis zu 2 Jahren oder Geldstrafe.

Eine Menge Paragrafen folgten. Ich stand mit völlig leerem Kopf da und starrte auf die Fotos hinunter, die immer noch zu meinen Füßen lagen.

„Blutschande" war es also, nach der ich mich sehnte ... So nannte man also Gefühle wie meine. Und man schrieb sie tatsächlich sogar in ein ganz und gar gewöhnliches Lexikon hinein. Dann war ich also wahrscheinlich nicht der Einzige in dieser komplizierten Welt, dem das hier passierte. Sogar die Dauer, die man dafür im Gefängnis zu sitzen hatte, hatte schon mal jemand festgelegt. Drei Jahre. Zwei Jahre. Was um Himmels willen war eine „aufsteigende Linie"? Was war eine „absteigende Linie"? Warum wurde die absteigende Linie strenger bestraft als die aufsteigende Linie? Bedeutete es vielleicht, ich schliefe mit meinen Kindern, wenn ich Blutschande in absteigender Linie betrieb? Und wäre die aufsteigende Linie meine Mutter?

Na ja, Mieke und ich waren jedenfalls weder aufsteigend noch absteigend miteinander verwandt, wir waren zwei Embryos aus ein und demselben Körper, zu ein und derselben Zeit.

Also zwei Jahre Knast. Oder eine Geldstrafe. Oder ... Ich stand da und zitterte von Kopf bis Fuß. Was sollte der ganze Unsinn? Warum blätterte ich hier in diesen verflixten Büchern herum und suchte mir so einen Blödsinn heraus? Blutschande. Inzucht. Verdammt, ich hatte doch nichts Böses vor. Ich war doch nicht kriminell. Ich war doch bloß verliebt in Mieke. Weil sie so schön aussah. Und weil sie so lustig sein konnte. Weil sie so gut roch. Und so weiche braune Haare hatte. Und so warme Haut. Und so einen wahnsinnigen Körper.

Ich stopfte auch dieses Buch zurück ins Regal.

War ich pervers? War es das? War ich ganz einfach abartig? Warum war ich nicht verrückt nach Katrin, nach Katrins Körper? Was war los mit mir?

Ich nahm *Pao–Pyx* in die Hand und nach einem kurzen Blick und drei umgeblätterten Seiten fand ich es.

Pervers.

Pervers (lat.), verkehrt, regelwidrig. Perversion, Verdrehung; Umkehrung, Verkehrung der Empfindungen und Triebe, die nicht der Norm entspricht (Sodomie, Exhibitionismus).

Was sollte denn das jetzt? Was ein Exhibitionist war, wusste ich natürlich. Das war ein psychisch gestörter Mann, der rumzulaufen hatte wie Humphrey Bogart, in einem langen, dunklen Trenchcoat, und der diesen langen Wallemantel vor Frauen und Kindern aufriss, um seinen erigierten Penis herzuzeigen und dann Befriedigung am Schrecken seiner Opfer zu finden. Eine eklige Sache, natürlich. Aber was sollte das mit Mieke und mir zu tun haben?

Sodomie hatte ich auch schon mal gehört. Sodom und Gomorrha, eine Geschichte aus der Bibel. Ich erinnerte mich da an ein ziemlich ekliges Bild, das in Franz' und Annegrets Haus eingestaubt auf dem Speicher steht. Ein wildes, dunkles Gemälde, auf dem man schemenhaft eine Menge Tiere und Menschen erkennen konnte, die wilden Sex miteinander trieben.

Ich schüttelte angewidert den Kopf.

Dann sammelte ich erschöpft die zweiundzwanzig Zwillingsfotos zusammen und legte sie Jost auf seinen Schreibtisch. Gleich neben das Zwillingsbrüllbild. Das verwackelte letzte Bild schob ich vorsichtig in meine Hosentasche.

Mai

Jost war zurück. Mieke war zurück. Die Ferien waren schon seit anderthalb Wochen zu Ende. Gisela ging bei uns ein und aus. Mieke ging mir aus dem Weg. Robert grübelte Tag für Tag darüber, ob er mit seinem Vater nach Berlin umziehen oder hier bei seiner Mutter bleiben sollte. Katrin hatte sich mit ein paar Mädchen aus unserer Klasse fest angefreundet und dadurch manchmal keine Zeit für mich. Helena hatte plötzlich einen Freund in der Parallelklasse und Tamara hatte jemanden in der Tanzschule kennengelernt. Frederik ließ Mieke in Ruhe, weil Mieke in Ruhe gelassen werden wollte. Das war für keinen zu übersehen. Jonas ließ Mieke aus dem gleichen Grund ebenfalls in Ruhe. Und ich ließ Mieke auch in Ruhe. Ich schaute sie kaum noch an in der letzten Zeit. Als sie aus Amsterdam zurückkam, übergab ich mich zitternd auf der Toilette, als ich ihren Schlüssel im Türschloss hörte. Später am Abend, viel später am Abend erst, klopfte ich an ihre Tür.

„Ja?", fragte Mieke vorsichtig.

„Ich bin es", sagte ich heiser. „Kann ich für einen Moment reinkommen, Mieke?"

„Aber nur kurz, ich bin müde."

Ich stolperte, unsicher wie ein betrunkener Elefant, in Miekes Zimmer hinein und blieb im Türrahmen stehen. Mieke saß in ihrem Bett, zusammengekauert, mit angezogenen Knien, den Kopf darauf, fest in ihre Bettdecke gehüllt.

„Schön, dass du zurück bist", stammelte ich.

Mieke lächelte schwach.

„Jost hat eine Freundin, Mieke. Eine Gisela, die dauernd kommt."

„Ich weiß, er hat es mir am Telefon erzählt", sagte Mieke leise und ohne mich anzusehen.

„Mieke, guck mich doch mal an", bat ich wie ein Idiot.

Mieke hob den Kopf und guckte mit zusammengekniffenen Augen vorsichtig herüber.

„Warum hast du denn nie hier angerufen?", fragte ich da, obwohl ich mir ungefähr tausendmal selbst geschworen hatte, genau diese Frage keinesfalls zu stellen.

„Warum hast du nicht angerufen, Mattis?", fragte Mieke zurück.

Ich sagte nichts. Mieke sagte auch nichts.

„Ich weiß nicht", sagte ich dann doch.

„Ich weiß es auch nicht", sagte Mieke dann auch.

Wieder schwiegen wir.

„Warum triffst du dich nicht mehr mit Frederik?", fragte ich dann, weil ich anscheinend plötzlich komplett den Verstand verloren hatte.

Miekes Augen wurden noch enger, jedenfalls sah es so aus.

„Weil ich keine Lust dazu habe", erklärte sie knapp.

„Ich denke, du warst – verliebt in den?", flüsterte ich.

„Na und, jetzt bin ich es eben nicht mehr."

„Bist du denn in – jemanden anderen verliebt?", fragte ich und hatte dabei ein heißes, krankes Gefühl im Bauch. Außerdem kam es mir so vor, als hätte ich diese letzte Frage in einer völlig fremden, mir selbst gänzlich unbekannten Sprache gestellt. Es fühlte sich so an, als begriffe ich selbst nicht so genau, was ich eigentlich gesagt hatte und was ich wissen wollte. Ich hätte alles darum gegeben, diesen letzten Satz aus meinem Mund in kleine Fetzen reißen zu können, aber das ging jetzt nicht mehr.

Mieke und ich schauten uns vorsichtig an.

„Ja", sagte Mieke dann.

„Ja?", fragte ich entsetzt und ängstlich und glücklich und völlig überdreht. Verdreht. Verkehrt. Pervers.

„Ja", wiederholte Mieke. „Und jetzt lass mich bitte schlafen, Mattis."

Da drehte ich mich gehorsam wie eine Marionette um und verließ Miekes Zimmer.

Und seitdem schaute Mieke mich nicht mehr an.

„Ich werde nach Berlin ziehen, Mattis", vertraute mir Robert ein paar Tage später bedrückt an. „Ich wollte es eigentlich noch keinem sagen, aber du bist mein bester Freund und bei dem Gedanken, ab dem Sommer auf dich verzichten zu müssen, wird mir, ehrlich gesagt, jetzt schon schlecht."

„Du wirst also tatsächlich mit deinem Vater gehen?", fragte ich erschrocken, obwohl ich damit gerechnet hatte. Robert und sein alter Herr waren schon ein verdammt gutes Gespann.

„Ja, allerdings fahre ich vorher noch für einen Tag nach Castrop-Rauxel und sehe mir mal meinen ... richtigen Vater an."

„Deine Mutter hat ihr Geheimnis also endlich gelüftet?" Ich hob verblüfft den Kopf. Tausendmal hatten Robert und ich gemeinsam versucht, Roberts Mutter den Namen seines ersten Vaters zu entlocken, und tausendmal hatte Roberts Mutter wieder eine andere Ausrede parat gehabt, um diesen Namen weiterhin streng geheim zu halten.

„Mein Vater hat mir neulich ganz plötzlich den Namen meines Samenspenders präsentiert", erklärte Robert zufrieden. „Der Typ scheint, wie dein Vater, eine Künstlernatur zu sein. Er ist Bildhauer und hat jede Menge verstreute Nachkommen. Ich meine, ich scheine massenhaft Halbgeschwister zu haben. Jedenfalls hat meine Mutter so etwas in dieser Art angedeutet."

Robert grinste schief. „Ich werde also jedenfalls hinfahren und mir den Bildhauer mal ansehen. Zusammen mit meinem Vater, versteht sich. – Und dann geht es ab nach Berlin, auf zu anderen Ufern ...“

„Du wirst mir fehlen, Robert“, sagte ich.

„Du mir auch, Mattis. Und wie.“

Mitten im Mai kam Hans zu Besuch. Er umarmte uns der Reihe nach und richtete sich dann für eine Woche bei uns ein. Abends aß er mit uns. Gisela war auch da. Hans grinste über das ganze Gesicht, als er Gisela die Hand schüttelte.

„Sie sind also die Frau, die mir mein bestes Stück rauben will“, lachte er. „Passen Sie nur auf, ich bin auf meine Art ein sehr eifersüchtiges Subjekt.“

Gisela wirkte ein bisschen verwirrt und das gönnte ich ihr, obwohl sie wirklich dauernd schrecklich freundlich zu mir und Mieke war. Später am Abend rief Hans nach mir und Mieke.

„Was ist?“, fragte Mieke vom Klavier aus.

„Wollt ihr mit mir an den Hafen gehen, ihr zwei?“, rief Hans und schlüpfte schon mal in seine Jacke. „Ich brauche ein bisschen warmen Frühlingswind und Bewegung für meine eingerosteten Knochen nach dem langen Flug von Neuseeland hierher.“

Ich nickte. „In Ordnung, ich komme mit.“

Mieke schüttelte den Kopf. „Ich mag nicht, ich bin müde.“

Also zogen Hans und ich allein los. Jost und Gisela saßen in Josts Zimmer und Jost malte an einem neuen Porträt von Giselas Gesicht.

Eine Weile liefen wir schweigend durch den dunklen Abend. Manchmal roch es so stark nach Flieder, dass mir ganz flau im Bauch wurde. Eine Menge Leute waren noch unterwegs, obwohl es schon fast zehn Uhr war.

„Ich liebe den Frühling“, sagte Hans zufrieden.

Ich schwieg.

„Und du, magst du den Frühling auch?", erkundigte sich Hans und lächelte mir zu.

„Ja", sagte ich.

„Sehr gesprächig bist du ja heute nicht", stellte Hans sachlich fest.

„Entschuldigung", sagte ich. „Ich war nur eben in Gedanken."

Wir erreichten den kleinen Hafen und hockten uns, nachdem wir eine kleine Runde gedreht hatten, ans steinige Ufer. Das Hafenbecken war dunkel und ruhig. Ab und zu plätscherte es leise, wenn ein Schiff sich sachte bewegte.

„Wir könnten natürlich auch in ein Weinlokal gehen oder zum Griechen, was Feines essen. Es gibt hier in der Nähe ein sehr schönes griechisches Lokal", sagte Hans.

„Lass uns lieber hierbleiben", antwortete ich schnell. „Hier ist es so schön still."

„Da hast du recht", sagte Hans. „Hier kann man besser reden, wenn man was auf dem Herzen hat."

„Wer hat etwas auf dem Herzen?", fragte ich verwirrt.

„Du, schätze ich", sagte Hans.

Ich schüttelte schnell den Kopf. „Ich bin okay", murmelte ich vage.

„Es ist dir am Gesicht abzulesen: Mattis geht es großartig!", sagte Hans ironisch.

„Wieso, mir geht es gut", beharrte ich.

Hans guckte skeptisch. „Lass uns die Dinge beim Namen nennen", sagte er dann. „Jost hat sich in eine Frau verliebt, Mieke igelt sich plötzlich ein wie ein verletztes Tier und spielt traurige Stücke am Klavier, und du bist, so sieht es jedenfalls aus, ziemlich unglücklich verliebt und weißt nicht weiter ..."

Ich riss erschrocken die Augen auf.

„Na, habe ich den Nagel auf den Kopf getroffen?", fragte Hans vorsichtig.

Und da heulte ich, ziemlich unmännlich, los wie ein kleines Kind. Hans legte mir seinen Arm auf die Schulter und ließ mich zu Ende heulen.

„Scheiße, alles ist eine große Scheiße", schluchzte ich schließlich.

Hans nickte. „Manchmal ist alles Scheiße, das finde ich auch", gab er zu.

„Ich wünschte mir, du wärst öfter da."

„Ich bin ein Workaholic, Mattis, das weißt du doch."

„Aber wir brauchen dich hier", sagte ich und zog die Nase hoch.

„Papa Nummer zwei", lachte Hans. „Aber einer muss eben die Kohle ranschaffen. Vor allen Dingen, wenn Papa Nummer eins ein Künstler ist."

„Komm, wir laufen noch ein Stück", sagte ich schließlich seufzend und dann machten wir eine Riesentour um den Hafen herum.

„Wie kommst du eigentlich darauf, dass ich – verliebt bin?", fragte ich irgendwann leise.

„Man sieht es dir an."

„Man kann das sehen?", fragte ich entsetzt.

Hans nickte. „Vom Kopf bis zum Fuß." Er schwieg einen Augenblick. „Und du bist nicht erst seit ein paar Tagen verliebt, habe ich recht? Schon zwischen Weihnachten und Neujahr sahst du so sonderbar aus. Ich habe mir schon damals gedacht, dass da was im Busch ist."

Ich guckte angestrengt auf meine Füße und mir wurde ein bisschen schwindelig.

„Magst du mir sagen, um wen es sich handelt?"

Ich schüttelte stumm und schnell den Kopf.

„Ist es denn so aussichtslos, Mattis?"

Ich nickte.

„Bist du sicher, ganz und gar aussichtslos?"

Ich nickte wieder.

„Ist sie, oder er, nicht in dich verliebt?"

Ich blieb stehen. „Schwul bin ich, glaube ich, nicht."

„Also ist sie nicht verliebt in dich?" Hans war auch stehen geblieben.

„Vielleicht schon", murmelte ich und merkte, dass ich schon wieder losheulte. „Vielleicht ist sie sogar verliebt in mich. Ein bisschen bestimmt, aber ... aber ..."

Ich schwieg.

„Das ist ja richtig mysteriös", sagte Hans kopfschüttelnd. „Ist sie vielleicht gar bereits anderweitig verlobt oder verheiratet? Oder ist sie am Ende eine wunderschöne Mafiabraut mit bitterbösen Anverwandten? Oder ..."

Hans grinste mir aufmunternd zu.

Aber mir war überhaupt nicht nach munteren Späßen zumute. Wir liefen nachdenklich weiter.

„Komm, ich bestelle uns ein Taxi", sagte Hans irgendwann. „Du siehst furchtbar müde aus und wir sind auch wirklich weit gelaufen."

Wir fuhren also mit dem Taxi zurück. Es war fast Mitternacht. Wenigstens war morgen Samstag und ich konnte ausschlafen.

„Und was ist mit Mieke los?", fragte Hans, als wir nebeneinander die Treppe zur Haustür hinaufstiegen.

„Mir ist noch nie aufgefallen, dass du auch Mieke zu Mieke sagst", sagte ich überrascht. „Alle anderen nennen sie Magdalena."

Hans lächelte. „Britta hat sich eure Namen damals ausgedacht. Mieke und Mattis. Nach ihrem Tod habe ich mir geschworen, immer bei euch zu bleiben und immer für euch beide da zu sein, wenn ihr mich braucht. Und dazu gehören

110

auch die Namen, die sie euch gegeben hat, damals als ihr ausgesehen habt wie zwei schrumpelige, kranke Äffchen ..."

Wir gingen ins Haus und ich war froh, dass Hans mich kein zweites Mal nach Mieke gefragt hatte.

Die Wiesen im Park waren bunt von herabgerieselten Blütenblättern. Wie Konfetti sah das aus. Ich war, wie so oft in der letzten Zeit, allein unterwegs. Ich lag der Länge nach auf einer Parkbank und las.

Frühlings Erwachen. Ein Theaterstück von Frank Wedekind.

Wir würden es aufführen, das hatte uns unser Deutschlehrer in der vorletzten Deutschstunde eröffnet.

Ein Theaterstück über Schüler und Schülerinnen um die Jahrhundertwende. Ein Stück über den Sinn des Lebens und über Liebe und Sex und Schwangerschaft und Freundschaft.

Ein vierzehnjähriges Mädchen wird schwanger nach einem Nachmittag auf dem Heuboden während der Erntezeit. Das Mädchen ist völlig unaufgeklärt, der Junge, mit dem sie die Liebe ausprobiert, ist ein hübscher, intelligenter Typ, den alle mögen.

Wendla war der Name des Mädchens. Melchior war der Name des Jungen.

Um es kurz zu machen, ich würde Melchior sein und Katrin würde Wendla sein. Die anderen sollten die Schüler, die Lehrer und Eltern spielen. Mieke bekam eine Schlüsselrolle: den Vermummten Herrn, eine prima geheimnisvolle Rolle, die ich lieber übernommen hätte als den tragischen Melchior.

Aber Herr Gietz, unser Deutschlehrer, wollte es eben so.

„Mir ist es egal, was ich spiele", sagte Mieke achselzuckend.

Also lag ich hier im Park auf einer Bank und studierte meine Rolle.

Zu Hause war die Stimmung angespannt. Hans war in die Schweiz gefahren und Gisela war praktisch dauernd da. Sie frühstückte morgens, wenn Mieke und ich auch frühstückten. Jost schlief dann noch. Tagsüber war Gisela zum Glück meistens an der Uni, aber abends kam sie wieder und führte uns vor, wie gut sie kochen konnte.

„Schmeckt es euch auch?", fragte sie uns jedes Mal nervös, wenn sie wieder ein neues, kompliziertes Gericht vor uns ausbreitete.

„Es schmeckt prima", sagte ich, weil es wirklich so war.

„Mir schmeckt es auch", sagte Jost sanft und lächelte Gisela zu.

Mieke lobte Giselas Essen nie. Stumm saß sie mit uns am Tisch und manchmal brachte sie sich sogar ein Buch zum Lesen mit.

„He, Magdalena", sagte Jost einmal. „Warum liest du seit Neuestem beim Essen?"

Mieke zuckte mit den Achseln und las weiter.

„Magdalena, bitte, lies später weiter."

Aber Mieke kümmerte sich nicht um Josts Bitte. Sie las und las und las und löffelte dabei, wie nebenher, Giselas indisches Curry-Reis-Gericht.

Später, als Mieke schon wieder auf der Treppe stand, um in ihr Zimmer zu verschwinden, rief sie leise nach Jost.

„Was ist, Magdalena?"

„Muss diese Frau jetzt eigentlich immerzu hier sein?", fragte Mieke finster.

Jost schaute sofort ein bisschen unsicher. „Ich weiß, es ist keine leichte Situation ...", begann er und räusperte sich nervös.

„Es ist eine Scheißsituation", unterbrach ihn Mieke gereizt. „Ich bin sehr unglücklich in der letzten Zeit, vielleicht ist dir das entgangen, Jost van Leeuwen."

„Nein, das ist mir nicht entgangen", gestand Jost zögernd. „Ich wusste nur nicht, dass Gisela der Grund ist, weswegen du dich mies fühlst, Kummerkind."

Mieke und Jost standen dicht voreinander und fast sah es so aus, als würde Mieke sich im nächsten Moment an Jost anlehnen und anfangen zu weinen, aber dann straffte sie bloß ihren Körper und ging davon.

Am nächsten Morgen, beim Frühstück, saß Mieke wieder mit einem Buch am Esstisch. Ich hockte ihr schweigend gegenüber und musterte sie verstohlen. Mieke trug in der letzten Zeit weder ihren Fred-Feuerstein-Ohrring noch den dicken Obelix-Ohrring. Ihre weichen langen Haare hatte sie dafür fest zusammengezogen und am Hinterkopf hochgesteckt. Ihr Gesicht war blass und noch schmaler als sonst. Statt der verrückten bunten Klamotten trug Mieke einfach nur blaue Jeans und helle Blusen oder Pullis. Kein Ring war an ihren dünnen Fingern und kein bunter Nagellack auf ihren Fingernägeln. Mieke sah plötzlich aus wie eine ganz andere Mieke. Ernst und stumm und durcheinander und wütend. Die kleine Falte zwischen ihren Augen verschwand praktisch überhaupt nicht mehr.

„Was schaust du mich so an?", fauchte Mieke und funkelte mich ärgerlich an. „Siehst du mich heute zum ersten Mal, oder was?"

Ich guckte eilig zurück auf meinen Teller.

Gisela, die sich gerade ein Brot schmierte, lächelte mir aufmunternd zu. „Möchtest du noch einen Tee, ich könnte rasch einen frischen machen?"

„Danke, gerne", sagte ich.

„Ja, verbünde dich auch noch mit der blöden Schachtel ...", murmelte Mieke da und schnappte sich ein Knäckebrot aus dem Brotkorb. Josts Freundin tat, als habe sie nichts gehört. Ich machte es genauso. Aber wahrscheinlich war das falsch.

„Du Arschloch!", brüllte mich Mieke an, als ich mich gleich darauf bei Gisela für den eingeschenkten Tee bedankte. „Was ist hier eigentlich los? Warum beachtet mich hier keiner mehr?"

Mieke war aufgesprungen und stand, mit wutfunkelnden Augen, wild wie ein wilder Stier vor mir.

„He, Mieke, ich ...", stotterte ich, weil Mieke mir plötzlich so nah war und weil es eine Ewigkeit her war, dass sie mich so angeschrien hatte.

„Warum nistet sich plötzlich diese Frau hier ein?", brüllte Mieke weiter. „Warum tut sie so, als habe sie das Recht, hier zu sein? Warum muss sie überhaupt in unserem Leben herummurksen und warum, verdammt, muss sie mit Jost schlafen?"

„Mieke!", sagte Gisela plötzlich laut. „Was fällt dir eigentlich ein?"

„MAGDALENA! – Ich heiße Magdalena!", schrie Mieke Gisela entgegen.

„Entschuldigung, ich dachte, man nennt dich Mieke", antwortete Gisela verwirrt.

Mieke zeigte bebend auf mich. „Er nennt mich Mieke. *Er* darf Mieke zu mir sagen. Aber nicht DU ..."

„Es tut mir leid", sagte Gisela und bekam rote Flecken vor Aufregung im Gesicht.

„Was ist denn hier los?", murmelte Jost verschlafen und stand plötzlich in der Tür.

„Es ist ... nichts weiter", sagte Gisela schnell.

Da stürzte Mieke aus dem Zimmer. „Es ist eben alles ein einziger Mist", schluchzte sie dabei. „Es ist eben alles ein einziger großer Mist."

Ich sprang auf und lief Mieke nach. Draußen, im Garten vor dem Haus, holte ich sie ein.

„Mieke", sagte ich leise und schlang meine Arme um sie. „Mieke, meine Mieke."

„Mattis", schluchzte Mieke und drängte sich dicht an mich. Mehr sagten wir nicht. Wir standen einfach still da, mitten im Sonnenschein, wo uns alle zusehen konnten, und umarmten uns.

Robert war in bester Stimmung. Er spielte im Deutschkurstheaterstück den Moritz, der Melchiors bester Freund ist und der während des Stücks ein Mädchen namens Ilse kennenlernt.

Carmen spielte Ilse. Und Robert verliebte sich in Carmen. Und Carmen in Robert. Robert und Carmen verbrachten jede Menge Zeit miteinander und es gab mir jedes Mal einen Stich, zuzugucken, wie verliebt und sanft die beiden miteinander umgingen.

Aber ich hatte ja Katrin.

„Wir stellen hier zwei Stühle hin, provisorisch, provisorisch ...", murmelte Herr Gietz und holte polternd zwei Stühle herbei. „Hier ist also der Heuboden. – Mattis, wo bist du? Katrin, wo bist du?"

Ich legte mich eine Spur verlegen „ins Heu hinein", auf den kratzigen Holzboden unserer Schulbühne. Mein Oberkörper war nackt, ich trug bloß eine alte, verwaschene Jeans, die an den Knien völlig zerrissen war.

Katrin trug ein weißes T-Shirt und einen Rock. Wir hatten uns entschieden, in modernen, zeitgemäßen Klamotten zu spielen.

„Hier wäre die Leiter, hier kämst du hochgeklettert", sagte Herr Gietz und schleppte einen weiteren Stuhl herbei. Katrin, die Riesin, nickte.

„Hier hast du dich verkrochen?", rief sie mir zu, als unsere Szene begann. „Alles sucht dich, du musst helfen. Es ist ein Gewitter im Anzug …"

Ich rief: „Weg von mir, weg von mir!"

Katrin kam näher, wir sprachen unseren Text, Herr Gietz hüpfte um uns herum wie ein aufgeregter Schiedsrichter auf dem Fußballfeld, wenn es in die Endphase geht.

„Das Heu duftet so herrlich", sagte ich und schaute Katrin ein bisschen verlegen an.

„Leidenschaftlicher!", rief Herr Gietz. „Leidenschaftlicher, schließlich ist Melchior verliebt und erregt und angemacht."

„Das Heu duftet so herrlich. – Ich sehe nur noch den leuchtenden Mohn an deiner Brust – und dein Herz hör ich schlagen –"

„Nicht küssen, Melchior, nicht küssen!", rief Wendla ängstlich und wich ein bisschen zurück. Katrin spielte gut, man konnte ihr glauben, dass Wendla in Melchior verliebt war und sich über die Begegnung auf dem Heuboden freute. Und man konnte auch sehen, dass Katrin verliebt in mich war, auf ihre ruhige, unkomplizierte Art.

Mattis und die Riesin …

Herr Gietz ließ uns jeden Satz ein paarmal ausprobieren. Wir riefen die Sätze mal laut, mal leiser, mal leidenschaftlicher, mal erschrockener und verwirrter.

„Dein Herz – hör ich schlagen", sagte Melchior schließlich und stolperte auf Wendla zu.

„Man liebt sich – wenn man küsst", rief Wendla aufgeregt.

„Wendla!", murmelte ich und schlang meine Arme um Katrins Körper.

„O Melchior! – – – – nicht – – – nicht – –"

Wir küssten uns. Ohne viel Bewegung, ohne viel Tamtam. Wir schlangen einfach nur unsere Arme umeinander und legten unsere Lippen sanft aufeinander. Im Grunde war es wie damals im Zirkus. Es war ganz still um uns rum. Dann knipste Jonas, der für die Beleuchtung zuständig war, den Scheinwerfer aus.

„Das war gut", rief Herr Gietz. „Das war wirklich gut, ihr beiden."

Die anderen klatschten. Katrin lächelte mir zu.

„Ich habe mich verliebt in dich, Mattis van Leeuwen", flüsterte sie mir plötzlich ins Ohr. „Ich habe mich wirklich in dich verliebt."

Ich lächelte ihr ebenfalls zu und berührte für einen Moment mit meinem Zeigefinger Katrins Wange. Dann schaute ich zu Mieke hinunter, die auf dem Klavierhocker am Klavier saß.

Mieke war sehr blass geworden. Starr und steif saß sie da und schaute mich an. Ich schaute erschrocken zurück.

„Wie ist es, wollen wir gerade noch mal den Vermummten Herrn durchmachen?", rief Herr Gietz da.

Mieke reagierte nicht.

„He, Magdalena, ich spreche mit dir", rief unser Deutschlehrer ungeduldig. „Wir hätten gerade noch Zeit für einmal den Vermummten Herrn, los dann ..."

Da stand Mieke abrupt auf, erklärte, dass ihr übel sei, und rannte aus der Aula.

Gisela kam jetzt seltener zu uns. Dafür ging Jost häufiger zu ihr. Ich verbrachte meine Zeit mit Robert und Carmen. Oder mit Katrin, Max und Sophie. Mieke ging jeden Tag zu Helena.

„Sag mal", sagte ich eines Tages zu Robert, als wir ausnahmsweise mal wieder bloß zu zweit in seinem Zimmer hockten. „Wie war das eigentlich, als du mit Carmen zusammengekommen bist?"

„Was meinst du, wie soll das gewesen sein?"

„Na, ich meine, wie hast du dich gefühlt, Robert?"

Robert grinste mir zu. „Gut habe ich mich natürlich gefühlt, klasse."

„Aber wie, wie hat es sich angefühlt?", fragte ich drängend.

„Ich war wahnsinnig verliebt", sagte Robert. „Ich wollte am liebsten pausenlos nur mit Carmen allein sein. Wir haben uns stundenlang gestreichelt."

Ich nickte niedergeschlagen.

„Wieso fragst du, stimmt was nicht mit der Riesin und dir?"

„Ich weiß es nicht", murmelte ich, ohne Robert anzuschauen. „Es könnte besser sein."

Robert riss eine Tüte Chips auf und begann zu knabbern. „Ich weiß, was nicht stimmt", sagte er schließlich kauend. „Ihr beide habt zu wenig Zeit zusammen. Dauernd müsst ihr Kindermädchen für die irren Zwerge spielen."

Ich dachte an Sophie mit ihren wilden Löckchen und an den zappeligen Max mit den großen blauen Augen.

Und ich dachte an Mieke, die mir aus dem Weg ging und die ich nicht mehr erreichte.

„Nein, die Kleinen sind nicht das Problem", sagte ich unglücklich.

„Was ist dann das Problem, Mattis?", fragte Robert ratlos. „Warum hängst du dann rum wie ein todtrauriger Orang-Utan?"

Ich schwieg sehr lange. Und Robert aß Chip für Chip die Chipstüte leer und schaute mich an.

„Du verschweigst mir was", sagte er schließlich.

„Was?"

Robert lächelte mir zu. „Wollen wir zum Baumhaus?"

Ich atmete tief durch, dann nickte ich. Und dann liefen wir

118

los. Und ich wusste, heute würde ich Robert die Wahrheit sagen ...

Es ist verrückt, dass ein Tag so schön aussehen kann und man selbst ist trotzdem so unglücklich und verzweifelt. Der Himmel war strahlend blau, eine Menge Vögel zwitscherten, die Bäume wiegten sich im Wind, helle Wolken zogen vorüber, der Wald roch frisch und würzig und ich schlich mit klopfendem Herz neben Robert her und fühlte mich kreuzelend.

Wir erreichten unser Baumhaus und hangelten uns hinauf.

„He, hier ist ja alles so gut in Schuss plötzlich", rief ich verblüfft, als ich sah, dass das Baumhaus einen neuen Anstrich und ein paar neue, stabilere Bretter bekommen hatte.

„Ja, das habe ich gemacht", sagte Robert verlegen. „Ich war letzte Woche ein paarmal hier, um meinen Text zu lernen, und dabei habe ich ..." Er machte eine vage Bewegung mit dem Arm, die das ganze Baumhaus zu umfassen schien, „... einfach ein bisschen Ordnung in unsere alte Bude gebracht."

Wir lächelten uns zu.

„Blöd, dass bald alles vorbei ist", sagte ich leise.

„Was meinst du mit vorbei?", fragte Robert.

„Na, unsere Freundschaft, unsere Zeit zusammen. Wenn du erst in Berlin bist −"

Robert rüttelte mich erschrocken am Arm. „He, dann ist doch unsere Freundschaft nicht vorbei", rief er kopfschüttelnd. „Wir brauchen uns doch, wir werden das schon irgendwie schaukeln, wir müssen uns halt bloß neu organisieren."

Ich lehnte mich für einen Moment an Robert.

„Du bist mein bester Freund", sagte ich leise.

„Na klar doch", antwortete Robert. „Und jetzt pack aus."

119

Ich zuckte zusammen, für einen Moment hatte ich ganz vergessen, warum wir heute hierhergekommen waren.

„Ich weiß nicht ...", murmelte ich und guckte an Robert vorbei in den Wald hinein. Hatte ich Mieke nicht die vielen borstigen Tannenzapfen zeigen wollen, die hier in den Baumwipfeln wuchsen und so lustig aussahen? Ob ich das wohl noch mal tun würde? Jetzt, wo Mieke mir immerzu aus dem Weg ging.

„Es geht um Mieke", sagte ich schließlich.

„Wie, um Mieke? Ich denke, es geht um dich?"

Ich lächelte schwach. „Also, im Grunde geht es um Mieke und mich."

„Okay", nickte Robert. „Warum hat Mieke übrigens ihr Aussehen komplett auf den Kopf gestellt? Gehört das auch zu deiner Geschichte, warum deine Schwester aussieht, als habe sie vor, demnächst in ein Kloster zu gehen?"

Ich saß mutlos herum und fand keinen Anfang. Ich schaute Robert an und er sah so unerhört vergnügt und locker aus. Er hatte ja keine Ahnung, dass er hier mit einem Perversen sein Baumhaus teilte.

„Ich bin ... ich habe ..."

Robert nickte mir aufmunternd zu. „Du bist, du hast?"

„Robert, das hier ist nicht lustig", bat ich leise.

„Entschuldigung", sagte Robert.

„Ich bin verliebt", stammelte ich schließlich schnell. „Und ich bin so schrecklich verliebt, dass es mir überall wehtut, dass ich immerzu heulen könnte."

Robert lächelte mir zu. „Aber das ist doch wohl hoffentlich nicht der Grund, weshalb du rumrennst wie ein irrer Orang-Utan?"

„Doch, das ist der Grund", sagte ich leise.

Robert boxte mir aufs Knie. „Mattis, da fehlt die Pointe."

Ich schwieg hilflos und fror am ganzen Körper. Warum

saß ich, um Himmels willen, bloß hier mit Robert im Baum und war dabei, ihm meine perverse Abartigkeit zu beichten?

„Okay, du bist also verliebt", sagte Robert nachdenklich. „Und ich nehme mal an, dass es sich nicht unbedingt um Katrin dabei dreht?"

Ich sagte wieder nichts.

„Du bist in ein anderes Mädchen verknallt", fuhr Robert fort. „Und jetzt hast du Liebeskummer, weil sie dich leider sterbenslangweilig findet und deine Gefühle sie kaltlassen, hab ich recht?"

„Es ist Mieke", sagte ich da und hob den Kopf. „Robert, es ist Mieke."

„Was ist Mieke?", fragte Robert verwirrt. „Was hat das jetzt mit Magdalena zu tun? Über die Klosterbeitrittsabsichten deiner Schwester reden wir dann später, okay?"

Noch ehe er ganz ausgesprochen hatte, konnte ich seinem Gesicht ansehen, dass er plötzlich verstand, was das alles mit Mieke zu tun hatte.

„Oh, Mattis, oh nein", stotterte Robert.

Da weinte ich los.

„Du bist in ... deine Schwester verliebt, Mattis?"

Ich heulte und nickte und nickte und heulte.

„Ich denke immerzu an sie", flüsterte ich.

„Das ist doch Quatsch", sagte Robert erschrocken.

„Ich sehne mich pausenlos nach ihr", schluchzte ich.

„Das ist, das wäre ... Inzest wäre das, Mattis", sagte Robert kopfschüttelnd. „So was gibt es im Fernsehen oder im Arztroman, aber doch nicht in der Wirklichkeit, he!"

„Ich träume davon, mit ihr zu schlafen, Robert", wimmerte ich.

Dazu sagte Robert gar nichts. Aber er schaute mich verstört und verwirrt an und das war noch viel schlimmer als tausend schlimme Worte.

„Ich habe ja versucht, mich in Katrin zu verlieben", sagte ich verzweifelt. „Und manchmal funktioniert es auch ganz gut, aber manchmal, wenn ich Katrin küsse oder anfasse, werde ich ganz plötzlich verrückt vor Sehnsucht nach Mieke."

Robert schaute mich hilflos an. „Wie konnte dir das nur passieren?", murmelte er ungläubig. „Das ist doch nicht normal."

Ich biss die Zähne zusammen. Mir war schwindelig und furchtbar übel.

„Hast du mit ihr darüber geredet?"

Ich schüttelte den Kopf.

„Zum Glück, dass du dir das wenigstens verkniffen hast. Das ist ja eine eklige Sache, irgendwie."

„Was?" Ich hob den Kopf.

„Na ja", sagte Robert verlegen. „Klar ist deine Schwester eine scharfe Braut und sie sieht auch ziemlich gut aus, aber für dich müsste das doch eigentlich tabu sein. Ich meine, du müsstest da eine innere Blockade, einen inneren Riegel haben."

Ich lehnte bleischwer an meinem Ast und getraute mich nicht, Robert anzusehen. Selbst jetzt, wenn ich in diesem Augenblick an Mieke dachte, reagierte mein Körper darauf. Da war leider kein innerer Riegel, der mich vor Mieke schützte.

„Mensch, Mattis", sagte Robert streng. „Sie ist deine Schwester. Und nicht nur das. Sie ist dein Zwilling. Ihr seid in einem Bauch entstanden, zur gleichen Zeit ..."

„Mensch, Robert", fauchte ich plötzlich aggressiv. „Das weiß ich alles, stell dir mal vor."

Wir schauten uns an und waren auf einmal beide sauer aufeinander.

„Es ist doch alles ein einziger großer Mist", murmelte ich

122

verzweifelt, so wie Mieke neulich, und verließ das Baumhaus.

„He, Mattis, warte doch ...", rief mir Robert unsicher hinterher.

Aber ich wartete nicht. Und Robert kam mir auch nicht nach.

Juni

Die Tage plätscherten dahin. Demnächst würde das Schuljahr zu Ende sein, demnächst würde der Sommer beginnen.

Eines Tages schnappte ich mir mein Fahrrad aus dem Radkeller und fuhr in die Stadt. Ich fuhr den ganzen Tag herum und fühlte mich so allein, dass mich irgendwann eine grenzenlose Panik überfiel. Ich bremste jäh ab und lehnte mein Rad ohne es abzuschließen gegen eine Hauswand.

Die Sonne brannte heiß vom Himmel und ich stand vor einem Kaufhaus in der Fußgängerzone und starrte mir die Leute um mich herum mit zusammengekniffenen Augen an. Überall lachende Gesichter, Paare, die Arm in Arm gingen oder die Köpfe zusammensteckten und redeten. Dazwischen Eltern mit plappernden Kindern an der Hand oder schlafenden Säuglingen in Kinderwagen. Eine Frau, die einen breiten Doppelkinderwagen schob, rempelte mich im Vorübergehen leicht an. „Entschuldigung", murmelte sie, ohne hochzugucken. Ich lächelte ihr matt hinterher, eine erschöpfte, übernächtigte Zwillingsmutter. Was das wohl für Babys waren, die sie da durch die heiße Innenstadt schob? Jungen? Mädchen? Oder ein Pärchen, eine tickende Zeitbombe wie Mieke und ich?

Ich hob den Kopf und fand mein Spiegelbild im Schaufenster. Da, zwischen zwei aufgetakelten Schaufensterpuppen, war ich. Ich schaute mich nachdenklich an. Verrückt, von außen sah ich im Grunde sehr normal aus. Katrin war schließlich in mich verliebt und Helena und Tamara hatten bei unserem Psychospiel im Winter behauptet, ich sei beinahe der hübscheste Junge in der Klasse. Mal abgesehen von Frederik und Konrad.

Da stand ich. Mit hängenden Armen. Ich lächelte mir vage zu. Schade, dass ich nicht auch eine Schaufensterpuppe war.

Dann könnte ich mich viel genauer studieren und dann könnte ich hier außerdem ganz und gar ruhig herumstehen und meinen empfindungslosen Puppenkörper von einem schlauen Dekorateur in die ansehnlichste Position biegen lassen. Mieke könnte vorübergehen und mein Puppenkörper würde schön aussehen und dabei vollkommen gleichgültig sein.

Schon wieder überfiel mich Panik. Ich hetzte los, ohne ein Ziel, ich ging zu McDonald's und bestellte eine Menge amerikanisches Fastfood, das ich dann doch stehen ließ, ich durchwühlte einen CD-Laden und schob mich durch die Kaufhäuser, ich durchlief eine Menge Klamottenläden und kaufte mir schließlich, an einem Straßenstand, einen Fred-Feuerstein-Ohrring, einfach nur, weil er da plötzlich zwischen hundert anderen Ohrringen lag und mich an Mieke, die lustige, vergnügte und bunte Mieke erinnerte.

„Ein kurioses Ding", sagte der Verkäufer anbiedernd.

Ich nickte gequält und steckte den Ohrring in meine Hosentasche hinein. *Mieke, liebe ernste Mieke.*

Es war fast Abend inzwischen und ich fuhr, weil ich noch nicht nach Hause wollte, zum Baumhaus im Wald. Hier war es viel kühler als in der aufgeheizten Stadt, ich atmete ruhiger und fuhr in wackeligen Schlangenlinien über die Wiese, auf der unser Baum stand.

Ich kletterte in den Baum und starrte in den Himmel hinein, der plötzlich grau wurde und sich bewölkte. Wie ein Vorhang schloss er sich, gleichmäßig und in einer fließenden Bewegung. Schön sah das aus, schön und mächtig.

Ich saß wie benommen da und schaute zu. Plötzlich kam eine Menge Wind auf und vertrieb die ganze Hitze des Tages mit ein paar wilden Windböen. Es begann zu regnen, wie verrückt zu regnen. Und weit hinten, hinter dem Wald, fing es im selben Augenblick an zu donnern. Das Gewitter kam schnell näher und ich saß reglos da und das Regenwasser trommelte mir ins Gesicht und lief mir kalt über den Rücken.

Das Baumhaus knackte und ächzte bei jeder Bewegung, die ich machte. Aber das machte mir keine Sorgen. Das Baumhaus ächzt und stöhnt immer, wenn es mal nass wird.

Der Wind fuhr mir wie verrückt über die nasse Haut, aber das war ein gutes, frisches Gefühl. Plötzlich schlug mir etwas gegen den Rücken, einmal, zweimal, dreimal, viermal. Ich fuhr zusammen und tastete nach hinten. Es waren die dicken, knubbeligen Tannenzapfen, die der Wind aus den Wipfeln der Tannen riss und mir gegen den Rücken schleuderte.

Schade, nun fielen sie also alle ab und ich hatte sie doch Mieke so gerne zeigen wollen, diese tausend dicken, widerborstigen Zapfen in den Tannenspitzen am Himmel oben.

Ich sammelte die Tannenzapfen vorsichtig auf und hielt sie eine Weile zitternd in den Händen. Dann sprang ich plötzlich auf, stopfte die nassen Dinger in meinen Rucksack, setzte in einem Sprung über die Wand des Baumhauses, landete hart auf der nassen Erde am Boden, jagte zu meinem Rad und fuhr nach Hause.

„Mieke, bist du zu Hause?", brüllte ich, kaum dass ich die Tür aufgeschlossen hatte. Ich hinterließ eine nasse Spur durch den Flur, die Treppe hinauf, bis zu Miekes Zimmer.

Aber Miekes Zimmer war leer.

„Verflixt, Mieke, wo steckst du?", rief ich verzweifelt.

„Wir sind hier unten", hörte ich plötzlich Tamaras Stimme aus Josts Arbeitszimmer. Ich drehte mich auf dem Absatz um und schoss die Treppe wieder hinunter.

Mieke und Tamara hockten auf Josts Flokatiteppich vor dem Kamin und spielten Monopoly.

„Mieke, ich muss dich dringend allein sprechen", stieß ich mühsam hervor.

„Was ist los?", fragte Mieke verwirrt.

„Es ist furchtbar wichtig, Mieke", erklärte ich leise.

„Soll ich vielleicht so lange rausgehen?", erkundigte sich Tamara.

Ich stand plötzlich ganz ruhig da. „Es könnte länger dauern, Tamara", sagte ich, mehr nicht.

„Eine Art Zwillingskonferenz, was?", grinste Tamara.

Und dann schlüpfte sie seufzend in ihre Jeansjacke. In der Tür blieb sie noch mal stehen. „Ein Jammer, ich hatte eine Menge prima Immobilien", sagte sie kopfschüttelnd. „Und, Mattis, du solltest dich erst mal abtrocknen gehen. Im Augenblick hast du eine verdammte Ähnlichkeit mit einem armen, nassen Straßenköter." Tamara grinste.

Und dann waren wir allein.

„Ich habe dir was mitgebracht, Mieke", flüsterte ich. „Sieh mal, jede Menge Tannenzapfen."

Mieke öffnete ihre Hände und ich legte ihr die kugelrunden Zapfen vorsichtig hinein. „Sie hingen zu Tausenden im Wald in den Bäumen und sie ... sie sahen so wunderschön dort aus, so verrückt und lustig. Ich habe sie dir immer zeigen wollen, aber ..."

Ich schwieg.

„Aber du hast sie mir nicht gezeigt", sagte Mieke ernst.

„Ich habe mich plötzlich nicht mehr getraut", flüsterte ich. „Ich habe mich gar nichts mehr getraut, Mieke."

Wir sahen uns an.

„Wo ist Jost?", fragte ich schließlich mit piepsiger Stimme.

„Er ist mit Gisela auf einer Vernissage", antwortete Mieke und schaute mir fest in die Augen dabei.

Da schlang ich meine Arme um sie und drängte mich dicht an ihren warmen Körper.

„Mieke, oh, Mieke", flüsterte ich und küsste ihr Ohr und ihren Hals und ihre Schulter.

Wir stolperten nach oben, in Miekes Zimmer. Der Schlafschlumpf fiel aus dem Bett und ich fiel auf Mieke und Mieke öffnete ihre Arme und streichelte mich überall.

„Mattis, wenn du nicht mein Bruder wärst ...", flüsterte sie schließlich und schluchzte hart auf. Wir lagen beide plötzlich stocksteif da. Von draußen trommelte der Regen gegen das schräge Dachfenster über uns.

„Mieke, ich habe Angst davor, verrückt zu werden", sagte ich schließlich langsam. „Es ist für mich kaum noch auszuhalten, dich anzusehen, mit dir zusammen zu sein und dich niemals anfassen zu dürfen. Richtig anfassen zu dürfen, meine ich ..."

Mieke, die leise weinend neben mir lag, begann, meine nassen Haare zu streicheln. So leicht, dass ich zuerst glaubte, ich bilde mir das nur ein. Ich tastete mit meinen Händen nach Miekes Händen.

„Mieke, ich denke von morgens bis abends an dich", sagte ich. „Und in der Nacht kann ich nicht schlafen deinetwegen."

Da streichelte Mieke mir vorsichtig über das heiße, nasse Gesicht. Mein Atem stockte.

„Nicht, Mieke, mach das nicht", flehte ich ängstlich und zuckte zusammen. „Ich will so sehr, ich will so unbedingt mit dir schlafen, dass es mir überall wehtut."

„Mattis", flüsterte Mieke und lehnte ihre Stirn gegen meine Schläfe. „Lass uns eine Nacht lang alles vergessen, in Ordnung? Lass uns diese Nacht lang vergessen, dass wir Bruder und Schwester sind ..."

Und dann passierte es. Es war ganz anders als alles, was ich mit Katrin erlebt hatte. Es war wild und laut und wir weinten beide und wir rissen uns gegenseitig die Klamotten vom Leib und wir stöhnten und fassten uns an. Ich streichelte Miekes Brust und Mieke bebte am ganzen Körper.

Dann verschwamm alles, Mieke drängte sich an mich und wir schliefen miteinander.

„Mattis, Mattis, Mattis", flüsterte Mieke und küsste mein Gesicht.

Ich spürte alle Muskeln in meinem Körper, ich fühlte mich zittern und Mieke zittern, ich drang tief in ihren Körper ein und ich umarmte die ganze Welt dabei.

„Nur dieses eine Mal", stöhnte ich. „Nur heute Nacht, dann ist wieder alles ... normal."

Mieke schlief in meinem Arm. Ruhig und gleichmäßig spürte ich ihren Atem an meinem Hals. Ich wagte es nicht, mich zu rühren. Ich lag einfach nur da, fühlte Miekes nackten Körper an meiner Haut und war glücklich. Was wäre, wenn Jost bei seiner Rückkehr noch mal nach uns schauen würde? Mir wurde schwindelig vor Angst bei diesem Gedanken und ich schloss verzweifelt die Augen.

Ich lauschte in die friedliche Stille hinein. Der Regen prasselte immer noch gegen das Fenster, die Regentropfen malten auf der schrägen Scheibe ein weiches, dunkles Bild. Mieke bewegte sich im Schlaf und ich küsste ihr sanft die Stirn und die geschlossenen Augen und den warmen Hals.

„Mattis ...", murmelte Mieke und umarmte mich.

Ich schluckte schwer und in meinem Bauch waren tausend Schmetterlinge.

„Ich liebe dich, Mieke", sagte ich leise. „Und ich habe Angst vor morgen ..."

Mieke schlief schon wieder, da griff ich nach ihrer Hand und hielt mich daran fest wie ein Ertrinkender.

Morgen musste alles wieder vorbei sein.

Und mit diesem Gedanken schlief ich schließlich ein.

Aber es war nichts vorbei, im Gegenteil. Ich wachte furchtbar früh auf und starrte erschrocken auf unsere nackten, ineinander verschlungenen Körper. Mieke schlief und rührte sich nicht. Da vergrub ich meinen dröhnenden Kopf verzweifelt unter Miekes Kopfkissen.

Nichts war vorbei. Nichts war normal. Waren wir wirklich so verrückt gewesen zu glauben, der ganze Spuk würde nach einer geheimen, verbotenen Nacht vorüber sein?

Ich stöhnte, als meine Schulter Miekes Körper berührte. Was hatten wir nur getan?

Ich setzte mich kerzengerade im Bett auf und betrachtete meinen nackten Körper. Wir hatten *es getan*. Wir hatten es wirklich getan. Mieke und ich.

Ich hatte zum ersten Mal mit einem Mädchen geschlafen. Aber dieses Mädchen war meine Schwester.

Mieke hatte zum ersten Mal mit einem Jungen geschlafen. Aber dieser Junge war ich.

Und es war *verboten*. Es war Blutschande, es war pervers. Im selben Moment erwachte Mieke. Sie richtete sich verschlafen auf und ich drehte mich nach ihr um.

„Mattis", flüsterte Mieke. „Lieber, lieber Mattis." Sie umarmte mich.

„He, Mieke, wir dürfen das nicht", sagte ich erschrocken. „Wir dürfen das hier nicht tun." Aber meine Hände, mein Körper taten es doch. Meine Finger tasteten nach Miekes Brüsten und legten sich vorsichtig darum. Miekes Brustwarzen richteten sich auf und Mieke kuschelte sich ganz eng an mich.

„Und wenn Jost hochkommt ...", sagte ich.

„Ich schließe ab", antwortete Mieke und verriegelte leise die Tür. Dann standen wir uns in Miekes altem Kinderzimmer nackt gegenüber, genau dort, wo früher unser Etagenbett gestanden hat, genau an dieser Stelle. Die frühe Morgensonne glitzerte durch den Rollladen und flimmerte hell auf Miekes vom Schlaf zerzausten Haaren.

„Komm, wir machen das Rollo hoch", sagte Mieke mit fast trotziger Stimme.

„Meinst du?", fragte ich ängstlich zurück.

Mieke nickte und zog leise den Rollladen hoch. Helles Morgenlicht flutete herein. Ich fühlte mich plötzlich sehr nackt und sehr verletzbar und sehr nervös.

„Komm, Mattis", sagte Mieke und zog mich zu sich. Und sie streichelte meine Brust und meinen Bauch und meinen Rücken. Wir ließen uns fallen und küssten, küssten, küssten uns.

Die ganze Zeit wollte ich Mieke sagen, dass wir jetzt aber ganz sicher aufhören mussten, schließlich war die eine, unsere geheime Nacht jetzt um und es war heller, kristallklarer Tag. Aber ich sagte kein Wort. Ich tat nichts weiter, als meinen nackten Körper an Miekes Körper zu pressen und alles das zu tun, was uns verboten war, weil wir Geschwister waren.

Wir schliefen miteinander, draußen begann der Tag, unten im Wohnzimmer klingelte zweimal das Telefon, von weiter Ferne hörte ich Jost im Bad und in der Küche rumoren und ich lag hier in Miekes Zimmer, zusammen mit meiner Schwester, und hielt sie so fest in meinen Armen, bis meine Muskeln zu zittern anfingen und ich weinen musste.

Der folgende Tag war wie ein Albtraum, unwirklich und zäh wie Kaugummi zog er sich dahin. Jost rief uns zum Frühstück, es war inzwischen zehn Uhr, und Mieke und ich verließen schließlich hastig und ohne uns anzuschauen hintereinander Miekes Zimmer. Mieke schloss sich sofort im Badezimmer ein und ich stolperte nervös die Treppe hinunter in die Küche.

„Guten Morgen, Mattis", sagte Jost und lächelte mir zu.

„Hm", machte ich. „Warum bist du denn schon auf, es ist doch Wochenende?"

Jost briet mir ein Omelette und stellte für Mieke pfeifend eine Tasse dünnen Tee auf den Tisch. „Setz dich doch, Mattis", sagte er.

Ich ließ mich gehorsam auf meinen Platz fallen und getraute mich nicht, Jost in die Augen zu sehen. Man musste es mir doch ansehen, dieses Eine. Das Verbotene, Perverse, was ich da getan hatte.

„Gisela kommt gleich, ich dachte, wir könnten alle vier zusammen in die Kunsthalle fahren, es gibt da ab heute eine interessante russische Austellung."

„Oh nein, Jost", stammelte ich entsetzt. „Ich möchte da lieber nicht mit. Ich habe ... schlecht geschlafen und möchte zu Hause bleiben."

„Schade", sagte Jost und blickte wirklich enttäuscht drein. „Aber du siehst wirklich nicht besonders gut aus." Er musterte mich besorgt. „Kleiner, blasser Mattis", sagte er kopfschüttelnd und ich fühlte mich unter seinem fürsorglichen Blick wieder wie fünf. Ein angenehmes Gefühl, ein harmloses Gefühl.

„Du warst schon immer so ein blasses Kerlchen", sagte Jost und ich wusste, er dachte sofort wieder an damals, an meine komplizierte Geburt, an den Mini-Mattis im Brutkasten auf der Intensivstation.

„Ganz so schlimm ist es nicht, Jost", sagte ich und lächelte schwach. „Ich habe ganz einfach ... nicht gut geschlafen, das ist alles."

In diesem Augenblick kam Mieke. Ich zuckte zusammen, als ich sie hinter mir spürte.

„Guten Morgen, meine Schöne", sagte Jost und gab Mieke einen Kuss auf die Stirn.

132

„Guten Morgen, Jost, guten Morgen ... Mattis", sagte Mieke leise und schob sich auf ihren Platz. Auch sie vermied es, mich anzuschauen.

„Du siehst auch nicht besser aus als dein unausgeschlafener Bruder", stellte Jost besorgt fest. „Warum bist du eigentlich so dünn geworden in der letzten Zeit, Magdalena van Leeuwen?"

Mieke zuckte mit den Achseln und rührte mit Zitterfingern ihren dünnen Tee um. Ich sah es und sehnte mich danach, Miekes Finger zu beruhigen, zu streicheln. Mir wurde es schon wieder flau im Bauch und ich stand abrupt vom Tisch auf.

„Ich habe keinen Hunger, Jost. Es tut mir leid", murmelte ich. „Ich glaube, ich gehe ... zurück in mein Bett."

Ich flüchtete Hals über Kopf aus der Küche und verkroch mich zitternd in meinem Zimmer.

Bis zum späten Nachmittag blieb ich in meinem Zimmer. Jost und Gisela waren zusammen weggegangen und Mieke hatte sich ebenfalls aus dem Staub gemacht, ohne sich bei mir blicken zu lassen. Ich lag verzweifelt auf meinem Bett und hatte nicht mal genug Kraft, mir Musik anzumachen. Ich war einfach nur benommen und verwirrt.

Irgendwann stand ich auf und kramte ein leeres Schreibheft aus meinen Schulsachen hervor.

Ich habe mit Mieke geschlafen, schrieb ich im Zeitlupentempo hinein. *Wir haben es wirklich getan. Und es war das Schönste, was mir jemals passiert ist.* Ich saß da und war froh, es aufgeschrieben zu haben. Es machte es wirklich. Ich hatte schon Angst gehabt, dass es nur eine Illusion, eine Wahnvorstellung gewesen war.

Dann zog ich mich an und ging zu Robert.

133

Ich klingelte und Robert machte mir selbst die Tür auf. Er lächelte mir zu und sagte: „Komm rein, Mattis."

Ich war froh, dass Robert mich nicht mehr sauer und erschrocken anschaute, so wie neulich im Baumhaus. Wir liefen nebeneinanderher in Roberts Zimmer und hockten uns an Roberts Schreibtisch.

„Ich habe da ein neues Computerspiel", erklärte Robert und starrte schon wieder auf seinen Monitor. Dort blinkte es hektisch und ein zackiger Commander Coxhead, zusammengekauert in seiner einsamen Weltraumkapsel, war eben dabei, aus dem Hinterhalt ein feindliches Raumschiff zu beschießen.

Robert bewegte geübt den Joystick und summte dazu. Ich saß still dabei, genoss die Ruhe und schaute ihm zu. Schließlich unterbrach Robert Coxheads schießwütigen Kampf mit ein paar Knopfdrücken und speicherte sorgfältig seinen erfolgreichen Spielstand.

„Ich habe ihn gesehen", sagte er plötzlich und knipste den Computer aus.

„Wen hast du gesehen?", fragte ich überrumpelt.

„Ich meine den Bildhauer", sagte Robert. „Ich habe den Bildhauer gesehen."

„Deinen ... Vater?"

Robert zuckte nachdenklich mit den Achseln. „Na, sagen wir meinen Erzeuger."

„Und, wie war er?"

Robert trommelte mit seinen Fingern auf seiner Schreibtischunterlage herum. „Mister Universum ist er nicht", sagte er dann. Und schwieg wieder.

„Okay, er ist nicht Mister Universum", wiederholte ich ungeduldig. „Wie ist er dann?"

„Er ist ziemlich dick und ziemlich laut, er hat schon eine Menge Falten im Gesicht und graue Locken auf dem Kopf."

Sehr begeistert klang Roberts Stimme nicht. „Außerdem hat er eine sehr junge Frau und ein Baby. Weiterhin trug er breitgerippte Cordhosen und erklärte mir verlegen, dass es außer mir und diesem dicken Baby noch drei weitere Nachkommen gäbe, die auf sein Konto gingen.“

Robert sah plötzlich ein bisschen mitgenommen aus. „Jedenfalls war er ganz nett und er hat auch versprochen, jetzt ab und zu finanziell an mich zu denken. Es war ihm peinlich, glaube ich. Ich meine, dass er noch nie einen Cent für mich bezahlt hat.“

„War dein Stiefvater bei diesem Besuch dabei?“

Robert schüttelte den Kopf. „Das hätte der Bildhauer wahrscheinlich nicht überlebt. Er ist ein ziemlich unsicherer Bildhauer, glaube ich.“

Robert guckte mich nachdenklich an und ich blickte zu Boden.

„Es ist alles nicht ganz leicht, was?“, sagte Robert schließlich, um der Stille ein Ende zu machen. Da nickte ich schwach und dann räusperte ich mich und erklärte Robert, indem ich ihn fest ansah dabei, dass das, was ich ihm über meine Gefühle zu Mieke erzählt hatte, natürlich purer Blödsinn und völliger Quatsch gewesen war. Ich hörte mich reden und mir wurde schlecht dabei.

Entschuldige, Mieke. Entschuldige, dass ich das hier behaupte, aber ich kann nicht anders. Ich habe Angst, dass Robert nicht dichthalten könnte, ich habe Angst, dass es herauskommt. Ich habe nicht mal Angst vor den Konsequenzen, ich habe bloß Angst, dass sie uns trennen könnten ...

„Dann ist ja alles klar“, sagte Robert schließlich und atmete auf. „Mal ehrlich, Mattis, ich habe mir schon Sorgen um dich gemacht.“

Damit war die Sache für Robert erledigt. Ich saß stumm da, schaute in den verhangenen Sommerabendhimmel vor dem Fenster und spürte, wie ein eiskalter, schmerzhafter Sprung durch meine Freundschaft mit Robert ging.

Beim Abendessen saß mir Mieke, wie immer, gegenüber. Sie starrte ihren Teller an und aß überhaupt nichts. Ich musterte sie verstohlen. Am liebsten wäre ich aufgesprungen und hätte laut geschrien. Ich wollte herumspringen, wollte Mieke umarmen, sie küssen und streicheln. Ich wollte sagen: „Weißt du noch, wie wir uns letzte Nacht geliebt haben, Mieke? Weißt du noch, heute früh, als die Sonne in dein Zimmer geschienen hat, als deine Haare hell wie Honig geleuchtet haben, als du mich zu dir gezogen hast, als du meinen Rücken gestreichelt hast, als wir zusammen geschlafen haben?"

Aber natürlich sagte ich kein Wort, ich saß einfach nur stumm da, stocherte mit kalten Händen in meinem Lasagneteller herum und kämpfte mit dem wahnsinnigen Gefühl der absoluten Unwirklichkeit. Wurde ich letztendlich einfach nur verrückt? Hatte es die letzte Nacht, den frühen, sonnigen Morgen überhaupt gegeben?

Zitternd bewegte ich mich auf meinem Stuhl und schob dabei, Zentimeter für Zentimeter, meinen nackten Fuß vorwärts. Als meine Fußzehen gegen Miekes Zehen stießen, wurde mir so schwindelig, dass ich mich für einen Moment am Tisch festhalten musste.

Mieke schaute hoch und ich starrte verzweifelt auf meinen Teller. Mein Fuß aber war bei Miekes Fuß und Miekes Zehen lagen auf meinen Zehen.

„Ihr Süßen seid ja heute so schweigsam", stellte Jost fest und lächelte uns zu. „Wann ist eigentlich eure Schultheater-Premiere?"

„In drei Tagen", antwortete ich gepresst.

„Bin ich eingeladen?", fragte Jost.

„Ja, natürlich", sagte Mieke. „Ich habe Karten zurücklegen lassen."

Jost stellte die Teller zusammen und schüttete sich ein zweites Glas Wein ein. „Hans wird sicher mitkommen, er hat sich für morgen angekündigt."

Mieke freute sich. Ich sagte nichts. Ich dachte an Hans und fühlte mich unbehaglich. Seit unserem Gespräch am Hafen, als Hans mir gesagt hatte, er wüsste längst, dass ich verliebt sei, war ich beunruhigt. Was würde Hans diesmal spüren, was würde er diesmal von meinem Gesicht ablesen können?

„Ach, ehe ich es vergesse, die Spülmaschine hat heute Morgen ihren Geist aufgegeben", sagte Jost da. „Würde es euch viel ausmachen, heute Abend noch rasch das Geschirr zu spülen? Ich muss dringend eine Zeichnung fertig machen."

Mieke strich sich eine Haarsträhne aus dem Gesicht. „In Ordnung, Jost. Ich mache das schon."

Ich sprang auf. „Ich helfe dir, Mieke."

Mieke zuckte zusammen, aber sie schwieg. Nebeneinanderher gingen wir in die Küche. Jost schob die CD *Porgy and Bess* in den CD-Player und begann im offen stehenden Nebenzimmer summend an seiner Tuschezeichnung zu arbeiten.

Ich trug das Geschirr in die Küche, während Mieke das Spülbecken mit heißem Wasser füllte und Teller, Gläser, Besteck und Töpfe nach und nach ins warme Spülwasser gleiten ließ.

„Kannst du deinen Text, Mattis?", fragte Mieke nach einer sehr langen, sehr stillen Weile. Ihre Stimme erschreckte mich so, dass ich fast den Teller hätte fallen lassen, den ich gerade trockenrieb.

„Was?", stotterte ich. „Was hast du gesagt?"

Mieke drehte sich nach mir um. „Ich habe nur nach deiner Rolle gefragt. Kannst du deinen Text?"

Mir wurde heiß und kalt, als Mieke so nah vor mir stand und mich direkt anschaute. Mit zitternden Fingern hielt ich mich an diesem blöden Nudelteller fest.

„Jaja, sicher kann ich meinen Text", murmelte ich und schaute auf den Boden. „Und du?"

„Ich kann mich nicht gut konzentrieren", sagte Mieke leise. „Ich kann es schlecht aushalten, wenn du mit Katrin zusammen spielst. Ich meine, dieses ... Küssen auf dem Heuboden."

„Mieke ...", sagte ich düster.

„Schatten und Licht, Licht und Weite ...", murmelte Jost aus dem Nebenzimmer. Jost spricht oft mit sich selbst, wenn er am Arbeiten ist. Vor allen Dingen, wenn er unter Zeitdruck steht, wenn die Volkshochschule oder die Kunstredaktion der kleinen Stadtzeitung auf eine versprochene Zeichnung warten, so wie diesmal. Immer dann wird Jost beim Malen nervös und spricht mit sich selbst.

Mieke und ich schauten beide für einen Moment erschrocken zur offenen Küchentür, hinter der Jost, ein paar Schritte weiter bloß, an seiner Staffelei saß und malte.

„Mieke, du weißt, dass wir das, was wir getan haben, nicht noch mal tun dürfen?", fragte ich fast tonlos. Mieke verstand es trotzdem und nickte stumm. Stumm und entschlossen und streng.

Und genau in diesem Moment hielt ich es nicht mehr aus. Ich umarmte Mieke und schlang meine Arme fest um sie. Meine Schwester wurde erst stocksteif und dann sehr weich in meinen Armen. Sie drängte sich an mich und ich schob meine Hand unter ihr weites Hemd. Ich tastete zitternd nach ihren kleinen, festen Brüsten und Mieke küsste mein Gesicht.

Ich hatte das wahnsinnige Gefühl, der Boden schwanke unter meinen Füßen, und vor Jost, der immer noch mit sich selber sprach, hatte ich plötzlich eine Heidenangst. Es war, als lauere dort drüben im Nebenzimmer ein gefährlicher Feind, der, ohne es zu wissen, die Macht hatte, mich und alles, was mir lieb und teuer war, zu zerstören.

„Lass uns nach oben gehen", flüsterte ich Mieke zu.

„Ich weiß nicht, ob ich das kann, Mattis", flüsterte Mieke ängstlich zurück. „Ich habe Angst davor, an Jost vorbeizugehen."

„Ich auch", gab ich zu.

Aber wir taten es trotzdem. Mieke ging zögernd voraus. Sie strich sich die Haare aus dem angespannten, blassen Gesicht und hängte das Geschirrhandtuch an seinen Haken. Ich löschte das Licht und dann trotteten wir hintereinanderher zur Treppe.

„Ich gehe jetzt schlafen, Jost", erklärte Mieke.

„Ich werde noch etwas lesen", stotterte ich. Und etwas in mir zog sich zusammen, weil ich mich vor Jost schämte. Vor Jost, der uns bedingungslos vertraute und den wir plötzlich hintergingen und belogen.

„Gute Nacht, meine Süßen", sagte Jost. „Macht nicht zu lange."

Wir nickten, gingen nach oben, schlichen in Miekes Zimmer, verschlossen leise die Tür, zogen uns gegenseitig aus, küssten uns, streichelten uns und schließlich schliefen wir wortlos und sanft miteinander. Wir schauten uns diesmal die ganze Zeit dabei an. Ich war furchtbar glücklich und ich hatte gleichzeitig furchtbare Angst. Und Mieke ging es nicht anders.

Am anderen Morgen kam Hans. Früh um sieben hielt das Taxi, das ihn vom Flughafen abgeholt hatte, vor unserem

Haus. Wir frühstückten zusammen und Hans und Jost beschlossen, anschließend raus aufs Land, in die Weinberge, zu fahren.

„Was ist mit euch, kommt ihr mit?", fragte Hans uns kauend. Mieke schüttelte sofort den Kopf. „Wir wollen noch mal die letzte Szene aus *Frühlings Erwachen* durchgehen. Es ist die einzige Szene überhaupt, bei der wir zusammen auf der Bühne stehen", erklärte sie knapp.

Ich sagte nichts, weil ich mich fürchtete vor dem, was sein würde, wenn Mieke und ich einen ganzen Tag allein zu Hause sein würden.

„In Ordnung", sagte Jost zufrieden. Und dann brachen sie auf. Ich räumte nervös den Tisch ab und Mieke stand die ganze Zeit stumm am Fenster und schaute in den Garten hinaus. Die Lilien hatten begonnen zu blühen, es war jetzt richtig Sommer draußen.

Mieke trug ein enges weißes T-Shirt und eine schwarze Bikinihose, mehr nicht. Ich biss mir auf die Lippen und bemühte mich, ihren Körper nicht zu beachten. Wie vertraut sie mir jetzt wieder war. Ich wusste wieder, wie ihre Haut duftete und wie sie sich anfühlte. Ich hatte Miekes Haare gestreichelt und ihre Beine, ihren Po und ihre Brüste.

In der Küche presste ich für einen Augenblick meine heiße Stirn gegen die kühle Fensterscheibe. Dann ballte ich meine Hände zu Fäusten und ging ins Wohnzimmer zurück. Mieke stand noch immer am Fenster.

„Hier sind die Texthefte", murmelte ich und hockte mich im Schneidersitz auf den Boden.

Mieke drehte sich um.

„Los, lass uns anfangen", bat ich hastig. „Wir sind also auf dem Kirchhof, es ist Nacht, ich habe bereits mit Moritz Stiefel, also mit Robert, gesprochen. Und jetzt tritt der Vermummte Herr auf. Er will mir den geplanten Selbstmord ausreden, mich zum Leben überreden. Trotz des ganzen Schlamassels, in dem ich stecke ..."

Mieke lächelte mir vorsichtig zu. Ich schaute schnell weg.

„Mieke, bitte, lass uns anfangen."

Mieke warf nur einen flüchtigen Blick in ihr Textheft. „Du bebst ja vor Hunger", sagte sie dann laut und war der Vermummte Herr. „Du bist gar nicht befähigt zu urteilen ..."

Wir schauten uns an. Es war verrückt, wie gut der Text des Vermummten Herrn zu unserer Situation passte.

Mieke beugte sich vor und legte ihre Stirn an meine Stirn. Ich zuckte zurück. „Mieke, lass das doch!", fuhr ich sie heftig an.

Mieke wich zurück. „Warum fauchst du so?", sagte sie erschrocken. „Was ist los, Mattis?"

„Verdammt, weil wir aufhören müssen", war alles, was mir als Antwort einfiel.

„Ich will aber nicht aufhören", sagte Mieke wild. „Verdammt, verdammt, verdammt." Mieke schleuderte ihr Textheft in eine Zimmerecke. „Erinnerst du dich noch an früher?", fragte sie dann leise.

„Natürlich erinnere ich mich an früher."

„Früher haben wir auch schon zusammengehört."

Ich schloss die Augen. Die Erinnerungen an früher, an unsere Kinderzeit, taten plötzlich furchtbar weh.

„Früher haben wir immer Heiraten gespielt", sagte Mieke und guckte wieder aus dem Fenster, wie vorhin. „Jeden Sommer bei Franz und Annegret im Garten. Weißt du noch? Im Geräteschuppen haben wir geheiratet und auf der großen Terrasse auch und hinter dem Haus beim alten Flieder, weil der Blätter hatte, die wie grüne Herzen aussahen, und das hast du so schön gefunden ..."

Ich stand vorsichtig auf, legte mein aufgeschlagenes

Textbuch auf dem Klavierdeckel ab und ging zu Mieke ans Fenster. Ich stellte mich sehr dicht hinter sie und Mieke stand ganz still da, aber wir berührten uns nicht.

„Die Leute haben es süß gefunden, wenn wir gesagt haben, dass wir immer zusammenbleiben werden", fuhr Mieke fort. „Die Leute fanden uns süß, wirklich süß damals."

„Damals waren wir zwei winzige Erbsen, Mieke. Natürlich fanden sie uns süß", sagte ich vorsichtig.

„Damals durften wir uns gernhaben, uns anfassen, zusammen sein ..."

„Aber heute ist es eben anders, Mieke. Heute ist es nicht mehr normal, wenn du dich lieber mit mir beschäftigst als mit Frederik oder Jonas oder Konrad."

„Ich habe es ja versucht", sagte Mieke verzweifelt. „Ich habe mich mit Frederik getroffen, ich habe ihn geküsst und mich von ihm küssen lassen."

Ich hielt mir, so schnell ich konnte, die Ohren zu.

„Aber als dann Katrin kam", rief Mieke heftig, „da konnte ich nicht mehr, das war zu viel für mich."

Langsam, sehr langsam bewegte ich meine Arme, die schwer wie Blei waren, und legte meine Hände auf Miekes Schultern.

„Ich kann dir nicht mal sagen, wann ich mich in dich ... verliebt habe", fuhr Mieke fort. „Ich habe dich ja schon immer ... geliebt. Ich habe Helena zugehört, wenn sie mir gesagt hat, dass sie dich niedlich findet, und ich habe innerlich geweint bei dem Gedanken, dich irgendwann endgültig an ein anderes Mädchen zu verlieren. Ich habe gedacht, es wäre nur vorübergehend, dass ich so verrückt nach dir bin, aber ..."

Mieke verstummte.

Meine Hände glitten an Miekes Schultern hinunter bis zu

ihren Hüften. Im gleichen Augenblick klingelte es an der Tür. Mieke und ich schauten uns erschrocken an.

Es war Katrin. Katrin ohne Max und Sophie.

„Kann ich reinkommen?", fragte Katrin und lächelte mich an.

Ich nickte überrumpelt. Mieke stand wie erstarrt neben mir.

„Grüß dich, Magdalena", sagte Katrin.

Mieke sagte kein Wort. Ich gab ihr einen leichten, warnenden Stoß in den Rücken.

„He ...", fauchte Mieke und schaute mich finster an.

„Komm doch rein", sagte ich höflich zu Katrin. Und Katrin kam rein. Sie berichtete uns, dass sie sich gestern bereits mit Robert und Carmen getroffen hatte und dass sie eigentlich zusammen ihre Texte hatten durchgehen wollen, aber Robert und Carmen hätten die meiste Zeit schmusend im Garten zugebracht und es wäre nicht viel mit ihnen anzufangen gewesen.

„Und da ist mir aufgefallen, wie sehr ich dich vermisse, Martin", sagte Katrin zu mir und Mieke stand immer noch stumm an meiner Seite und wurde immer noch starrer und eisiger.

„Bitte, Mattis, lass uns zusammen in die Stadt fahren", sagte Katrin da und nahm meine Hand in ihre Hand. Ich wich zurück und dann wich ich doch nicht zurück. Und dann wich ich wieder zurück, weil ich lieber bei Mieke bleiben wollte. Aber dann wusste ich wieder, es wäre besser für Mieke und für mich, wenn wir nicht immer allein zu zweit zu Hause blieben.

„In Ordnung, ich komme mit", sagte ich schließlich zögernd, ohne Mieke anzuschauen. „Aber nur ein oder zwei Stunden. Mieke und ich wollten eigentlich die letzte Szene zusammen ..."

„Geh ruhig", sagte Mieke da heftig. „Ich habe sowieso Kopfweh und möchte lieber ... allein sein."

Ich nickte stumm, zog mir meine dünne Jeansjacke über und verließ zusammen mit Katrin das Haus.

Am Dienstagabend spielten wir unser Stück vor. Hans und Jost saßen lächelnd mitten im Publikum, und als das Licht schon ausgeschaltet war und Jonas die drei Scheinwerfer einstellte, kam plötzlich Gisela in die Aula geschlichen und suchte sich, sehr weit hinten, noch einen der wenigen freien Plätze.

Mieke saß, in einem schwarzen langen Mantel, nervös neben mir auf einem Tisch hinter der Bühne. Ihre Augen waren hinter einer dunklen Sonnenbrille verborgen. Ihre Fingernägel waren schwarz lackiert und das einzig Farbige an Miekes Vermummtem Herrn war der kunterbunte, grinsende Fred Feuerstein an ihrem linken Ohr.

„Wie schön, dass du ihn wieder trägst", flüsterte ich Mieke sanft ins Ohr.

Mieke hatte mich seit Sonntag, seit Katrin da gewesen war, nicht mehr angeschaut.

„Was findest du eigentlich an der Riesin?", fragte sie mich jetzt unvermittelt und ich wusste wegen der blöden Sonnenbrille nicht, ob sie mich anschaute oder nicht.

Auf der Bühne begann die erste Szene. Katrin und Helena, Mutter und Tochter, traten auf.

„Katrin ist nett", sagte ich zögernd. „Und sie mag mich gerne."

„Ich mag dich auch gerne", flüsterte Mieke heftig.

„Du weißt, wie ich es meine", sagte ich traurig.

„Du musst, glaube ich, gleich raus", sagte Mieke da und hob lauschend den Kopf. „Gleich beginnt die zweite Szene."

Ich rutschte seufzend vom Tisch.

„Küss mich bitte, Mattis", sagte Mieke leise und hielt mich am Arm fest.

Ich schüttelte abwehrend den Kopf. „Was ist, wenn uns einer sieht?"

„Es wird uns schon keiner sehen", sagte Mieke ungeduldig. „Und wenn, dann ist das eben ein ganz harmloser Toi-toi-toi-Kuss. Den dürfen sich Schauspieler kurz vor dem Auftritt geben."

Und dann küssten wir uns. Allerdings wurde es kein kurzer Toi-toi-toi-Kuss. Es wurde ein langer, verliebter, verzweifelter Mieke-und-Mattis-Kuss.

„Martin, wo steckst du bloß?", rief plötzlich Herr Gietz und rannte uns fast über den Haufen bei der Suche nach seinem Melchior, den er für die zweite Szene des Stückes brauchte.

Herr Gietz starrte uns verwirrt an und ich nahm meine Lippen sehr schnell von Miekes Lippen und Mieke löste eilig ihre Arme, mit denen sie mich festgehalten hatte.

„Ich komme ...", rief ich entsetzt und stürzte an Herrn Gietz vorbei auf die Bühne. Beinahe wäre ich dabei hingefallen.

Herr Gietz stand verwirrt da und guckte Mieke an, die dunkel und düster und hinter der schwarzen Sonnenbrille verborgen still dastand, eingehüllt in ihren schweren, langen Mantel, und abwartete.

Aber Herr Gietz tat nichts. Er trottete einfach verwirrt davon und murmelte etwas vom Premierenstress.

Jost, Gisela und Hans waren begeistert von unserer Vorstellung. Jost hatte beim Zuschauen in der dämmrigen Aula ein paar Kohlestift-Skizzen gemalt, die er uns auf dem anschließenden Premierenfest überreichte.

145

Ich mit den anderen Schülern beim Philosophieren auf dem Schulhof.

Ich ins Gespräch vertieft mit Robert, der Moritz Stiefel war und den ich in Sachen Sexualität aufzuklären versuchte. Ich mit Katrin im Wald, als ich Katrin mit einer Weidenrute geschlagen habe und weinend vor ihr sitze.

Ich mit Katrin auf dem Heuboden, als wir Arm in Arm dastehen und uns sanft küssen.

Und zum Schluss ich mit Mieke, die mir die Hand entgegenstreckt und mich bittet, mit ihr zu kommen. Weil ihr Weg mich ins Leben zurückführen wird.

„Tolle Bilder", murmelte Robert anerkennend.

„Danke, Jost", sagte ich, als Jost mir die Zeichnungen in die Hand drückte.

„Darf ich das Heubodenbild haben, Mattis?", fragte Katrin mich und schlang zärtlich ihre Arme um mich. Ich gab es ihr.

„Hier, Mieke", flüsterte ich Mieke schließlich vorsichtig zu. „Unser Bild."

Mieke sagte nichts, aber sie nahm mir das Bild aus der Hand und sie lächelte mir kurz zu.

Dann war der Abend zu Ende. Herr Gietz spendierte uns allen eine kleine Biografie über Frank Wedekinds Leben und Schreiben und dann gingen wir nach Hause.

Morgen würde es Zeugnisse geben, morgen war das Schuljahr zu Ende. Morgen begannen die Ferien.

„Ich bin froh zu sehen, dass es dir wieder besser geht", sagte Hans leise zu mir, als wir durch den dunklen Abend nach Hause gingen.

Ich antwortete nicht.

„Und Mieke geht es auch ein bisschen besser", fuhr Hans fort. „Allerdings, richtig glücklich wirkt ihr beide nicht."

Da blieb ich stehen. „Hans", sagte ich vorsichtig. „Es

könnte sein, dass ich bald ganz dringend mit dir sprechen muss."

Hans war auch stehen geblieben. „Ist etwas passiert?", fragte er ruhig.

Ich nickte.

„Willst du vielleicht jetzt drüber reden, Mattis?"

Ich hob verzweifelt die Schultern. „Ich weiß es beim besten Willen nicht", murmelte ich kopfschüttelnd. „Bitte, lass uns jetzt weitergehen, Hans, Jost soll nichts mitkriegen."

Wir gingen schweigend weiter, dicht hinter uns kamen Jost und Gisela und hinter den beiden ging Mieke, nach der ich mich schon wieder sehnte wie ein Ertrinkender.

„Ich bin immer für dich da, Martin van Leeuwen", sagte Hans leise, als wir ins Haus traten.

„Egal, was ich mache?", fragte ich noch leiser.

„Na klar, egal, was du machst", sagte Hans und lächelte mir zu. Mehr redeten wir an diesem Abend nicht.

Juli

Robert war mit seinem Vater nach Berlin umgezogen. Ich war, trotz allem, ziemlich niedergeschlagen, als er kam, um sich von mir zu verabschieden.

„Bis demnächst, Mattis."

„Ja, bis demnächst, Robert."

„Grüß deine Riesin von mir."

„Das werde ich tun."

„Und grüß deine Schwester. Wo ist sie überhaupt?"

„Ich werde sie grüßen, sie ist mal wieder mit ... Frederik unterwegs."

Robert grinste zufrieden. „Die beiden passen wirklich gut zusammen", sagte er und schaute mich dabei fest an. Fest und eindringlich. Robert schien diesen Sprung durch unsere Freundschaft ebenfalls zu spüren. Unser Vertrauen zueinander war, ganz eindeutig, angeknackst. Oder doch wenigstens durcheinandergewirbelt.

Dann war Robert gegangen und ich hatte keinen besten Freund mehr in meiner Nähe. Aber was brachte mir dieser beste Freund, wenn ich ihm, verdammt noch mal, doch nicht vertrauen konnte?

Niedergeschlagen ging ich zurück ins Haus.

Ein paar Tage später kam ein Anruf von Oma Marijke. Sie befand sich in ihrer Amsterdamer Wohnung und in heller Aufregung.

„Denk dir, Martinmännchen, Opa Veit und ich werden übermorgen zusammen nach Venedig reisen. Wir wollen es noch mal miteinander versuchen", schrie sie mir auf Niederländisch ins Ohr.

„Wie schön", sagte ich erleichtert. „Viel Vergnügen in Venedig. Und grüß Opa Veit von uns. Und streitet euch nicht gleich wieder."

Das versprach mir Oma Marijke gerne. Ich legte den Telefonhörer auf und ging zu Mieke hinauf und klopfte an ihre Zimmertür.

„Mieke?"

„Was ist?", rief Mieke zurück.

„Darf ich reinkommen?"

„Du darfst doch alles", sagte Mieke von drinnen und es klang ein bisschen bitter. Aber sie öffnete mir gleich darauf selbst die Tür und stand vor mir und hatte nichts weiter an als eine schwarze Shorts.

Da nahm ich sie schnell in die Arme, zum ersten Mal seit neulich, hinter der Bühne, als Mieke der düstere Vermummte Herr gewesen war.

„Du bist so schön", murmelte ich.

„Nicht", sagte Mieke. „Lass das."

„Was ist los?", fragte ich unsicher.

„Ich gehe gleich weg", sagte Mieke und schaute mich fest an. „Frederik holt mich um halb vier ab, ich muss mich anziehen."

Da ließ ich Mieke los. „Warum tust du das, warum, um alles in der Welt, triffst du dich wieder mit diesem Trottel Frederik?"

Mieke schaute auf den Boden. „Und warum triffst *du* dich mit Katrin?"

Wir standen stumm da. Schließlich hielt ich es nicht mehr aus. Ich streichelte Miekes Bauch und ihren Busen und ihr Gesicht.

„Nicht, Mattis, nicht", sagte Mieke, aber sie presste dabei ihre Stirn gegen meine Brust und schlang ihre Arme um meine Hüften.

„Wir könnten zusammen abhauen, wir könnten irgendwo hingehen, wo uns keiner kennt", flüsterte ich Mieke ins Ohr und nahm sie fest in den Arm.

149

„Lass uns Küssen spielen", flüsterte Mieke zurück und presste ihren Mund auf meinen Mund.

Wir liebten uns schnell und aufgeregt und dann erst schlüpfte Mieke eilig in ein paar herumliegende Klamotten, während ich, zusammen mit dem blauen Schlafschlumpf, nackt auf dem Bett meiner Schwester lag und ihr dabei zuschaute.

Dann klingelte es unten an der Haustür Sturm, dreimal lang und dreimal kurz, so klingelte Frederik immer an unserer Tür, und Mieke rannte aus dem Haus, ohne sich noch einmal nach mir umzusehen.

Ich fühlte mich bleischwer und sehr allein gelassen. Weil ich nicht schon wieder losheulen wollte, sprang ich auf und riss Miekes Fenster auf. Mieke stieg eben auf Frederiks blödes Moped.

„Mieke", brüllte ich nach unten. Mieke schaute hoch. Und Frederik schaute hoch. Ich lehnte mich, splitternackt wie ich war, weit aus dem Fenster. Ich konnte sehen, wie Mieke zusammenzuckte und Frederik einen ängstlichen Blick zuwarf. Aber das war mir egal in diesem Moment.

„Mieke, ich wollte dir nur sagen, warum ich vorhin überhaupt zu dir reingekommen bin."

Mieke schaute mit angespanntem Gesicht zu mir hoch.

„Oma Marijke hat sich mit Opa Veit versöhnt, Mieke. Das wollte ich dir erzählen."

Ich wartete aber eine Reaktion gar nicht erst ab, sondern schmiss bloß das blöde Fenster wieder zu und verkroch mich eilig wieder in Miekes Bett. Ich schlang meine Arme um mich selbst und rollte mich zusammen wie ein krankes Tier. Mein ganzer Körper roch nach Miekes Haut. Benommen und verzweifelt, weil Mieke bei Frederik war, döste ich schließlich ein.

Nächste Woche würden wir nach Schweden fahren. Jost, Hans, Mieke und ich. Hans war jetzt schon seit fast zwei Wochen bei uns und fast genauso lange hatten Mieke und ich nicht mehr miteinander geschlafen. Wir waren uns aus dem Weg gegangen, hatten es vermieden, uns zu berühren oder auch nur zu zweit in einem Raum zu sein.

Vor einer Woche waren auch noch Annegret und Franz zu Besuch gekommen. Sie schliefen in der kleinen Kammer zwischen Miekes und meinem Zimmer.

Mieke traf sich fast jeden Tag mit Frederik und kam abends oft erst spät zurück. Ich wurde fast verrückt vor Eifersucht.

„Was treibst du eigentlich dauernd mit dem Trottel?", fragte ich Mieke am Nachmittag des 15. Juli leise, als wir zusammen mit Hans und Jost und Gisela und Annegret und Franz und dem dicken Faustus im Garten waren und Mieke in der heißen Sonne mitten auf der Wiese lag und ich im Schatten unter der Birke am warmen weißen Birkenstamm lehnte und las.

Mieke öffnete die Augen.

„Was hast du gesagt?", murmelte sie.

Da sprang ich jäh auf, ließ mein Buch fallen und kauerte mich neben Mieke ins Gras. Ich beugte mein Gesicht sehr nah zu ihrem Gesicht hinunter und dann wiederholte ich gereizt meine Frage und meine Lippen berührten beim Sprechen Miekes Gesicht.

Mir jagte ein Schauder durch den Körper, aber Mieke schob mich bloß schnell zur Seite und richtete sich auf. „Wo sind Jost und die anderen?", fragte sie ängstlich und guckte sich im Garten um.

Ich sank seufzend neben meine Schwester auf die Erde und rollte mich auf den Bauch. „Die anderen sind eben ins Haus gegangen, um sich Eiskaffee zu machen", sagte ich schlapp. „Ich habe schon aufgepasst, dass uns keiner, keiner, keiner sieht."

Da schob Mieke ihre heiße Hand versöhnlich und sanft unter mein T-Shirt und ich bekam eine Gänsehaut.

„Mieke, warum schließt du nachts deine Zimmertür ab?", fragte ich schließlich.

„Weil ich Angst habe, dass du zu mir rüberkommst, jetzt wo das Haus so voller Leute ist", gab Mieke zögernd zu. „Ich habe Angst, dass es eines Tages doch herauskommen wird. Franz und Annegret haben schon immer den sechsten Sinn gehabt, wenn es um Sachen geht, die wir anstellen und die verboten sind ..."

Wir schauten uns hilflos an. Miekes Gesicht war voller wunderbarer, sommerlicher Sommersprossen. Ich wollte es so gerne berühren, streicheln, küssen.

Dann fiel mir etwas ein. „Komm, Mieke", flüsterte ich aufgeregt. „Komm mit, ich muss dir etwas zeigen!"

Und dann zeigte ich Mieke das Baumhaus im Wald. Es war das Einzige, was ich bisher nicht mit Mieke geteilt hatte, das Einzige, von dem Mieke nichts gewusst hatte. Aber jetzt war Robert in Berlin und jetzt sollte das Baumhaus Mieke und mir gehören.

„Wie schön es hier ist", sagte Mieke bewundernd.

Ich lächelte ihr zu. „Und hier sind wir ganz allein, keiner ist da, der unsere Liebe kaputt machen könnte ..."

Mieke nickte und zog mich zu sich. Wir umarmten und küssten uns lange und intensiv, ich streichelte eine halbe Ewigkeit lang Miekes Gesicht und Miekes Sommersprossen, später rannten wir übermütig über die wilde Wiese, noch später kletterten wir hoch in die alte Eiche und ich zeigte Mieke die vielen, vielen Tannenzapfen in den hohen Baumwipfeln.

Als es schließlich schon fast Abend war, saßen wir uns

stumm und nachdenklich und erschöpft im Baumhaus gegenüber. Mieke streichelte mit ihrem Zeigefinger mein nacktes Knie, das aus meiner zerrissenen Jeans herausschaute, mehr passierte nicht.

„Ich möchte immerzu mit dir schlafen, Mieke", sagte ich irgendwann seufzend, beugte mich vor und nahm Miekes Gesicht in meine Hände.

„Mattis", sagte Mieke da. „Weißt du, wovor ich mich schrecklich fürchte?"

Ich schwieg, weil ich es natürlich wusste.

„Ich fürchte mich davor, dass alles herauskommt", sagte Mieke leise. „Denn wenn es herauskommt, dann wird alles vorbei sein ..." Mieke schaute hoch. „... dann werden wir uns nie mehr lieben können, weder so, wie wir es jetzt tun, noch so, wie wir es früher getan haben."

Ich sagte immer noch nichts, aber ich biss mir auf die Lippen und bedeckte mein Gesicht mit meinen zitternden Händen.

„Sie werden uns trennen, Mattis, und dann werden sie uns nie wieder vertrauen und uns immer beobachten, wahrscheinlich bis wir sechzig Jahre alt sind."

Ich schwieg und das Baumhaus ächzte vom Regen der letzten Nacht.

„Wir dürfen uns nicht mehr berühren", sagte Mieke vorsichtig. „Nur so können wir noch etwas retten. Wir müssen aufhören, uns anzufassen, sonst kann ich eines Tages nicht mal mehr deine Schwester sein."

Ich wollte nicken, wollte stark sein, wollte dieses schreckliche Versteckspiel vor Jost und allen anderen endlich beenden. Aber ich konnte nicht. Ich fing an zu heulen.

„Mieke", schluchzte ich verzweifelt. „Mieke, ich will nicht aufhören, ich liebe dich, ich brauche dich ..."

Mieke schaute mich traurig an.

153

„Was tust du nun mit Frederik, diesem Trottel, wenn du dich mit ihm triffst?", fragte ich schließlich mit dumpfer Stimme, nachdem wir eine halbe Ewigkeit lang geschwiegen hatten.

Mieke zuckte unwillig mit den Achseln. „Nicht besonders viel", sagte sie zögernd. „Meistens reden wir oder wir gehen ins Kino oder wir laufen durch die Stadt und trinken eine Cola."

„Küsst du ihn, streichelt er dich, hat er wieder versucht, dich anzufassen?", fragte ich wasserfallartig und klammerte mich an Miekes Arm.

Mieke schüttelte den Kopf. „Er lässt mich zurzeit in Ruhe, ich habe ihn darum gebeten", sagte sie leise. „Es beruhigt mich einfach, mit ihm durch die Gegend zu ziehen. Es ist so einfach und normal."

Mehr redeten wir nicht. Der Himmel wurde hellgrau, dann dunkelgrau und später lila. Die Eiche rauschte und bewegte die weichen Äste ihrer Baumkrone im Wind, Mieke saß mir gegenüber und wir taten nichts weiter, als uns anzuschauen. Wir berührten uns an diesem Abend nicht mehr. Wenigstens nicht körperlich.

Die Woche bis zu unserer Abreise verging nur langsam. Hans und Jost und Gisela redeten nächtelang und schienen fast überhaupt nicht zu schlafen. Faustus schleppte sich schwitzend und hechelnd durch das Haus und den Garten und Mieke und ich gingen uns schweigend aus dem Weg.

Miekes Gesicht war die ganze Zeit über verschlossen und nervös. Sie verkroch sich, wann immer es ging, still und stumm in ihrem Zimmer.

„Was ist denn nur mit Magdalena los?", fragte Annegret Jost eines Tages.

Jost zuckte niedergeschlagen mit den Achseln. „Ich weiß

es nicht", gab er zu. „Sie ist einfach seit einiger Zeit so still und traurig. – Vielleicht hat es mit ... Gisela zu tun", fügte er seufzend hinzu.

Annegret spitzte die Lippen. „Warum tust du das den Kindern auch an?", fragte sie gereizt.

Jost zuckte zusammen. „Was soll der Unsinn, Annegret?", murmelte er. „Ich tue den beiden nichts an. Ich habe einfach nur eine Frau kennengelernt und sie kommt mich manchmal besuchen, mehr ist da nicht."

Jost schaute Annegret halb empört und halb verunsichert an. Ich fand Annegret unverschämt, aber ich wollte mich nicht einmischen, also schlich ich mich davon und klopfte leise an Miekes Zimmertür.

„Darf ich reinkommen?", fragte ich vorsichtig.

Mieke antwortete nicht. Da drückte ich schnell die Türklinke nach unten und schob mich ins Zimmer.

Mieke saß zusammengesunken auf ihrem Bett und es war ihr deutlich anzusehen, dass es ihr nicht gut ging.

„Darf ich dich, nur als Bruder, in den Arm nehmen?", fragte ich und schloss vorsichtshalber die Tür hinter mir ab.

„Warum verschließt du die Tür?", fragte Mieke, ohne aufzusehen. Ich fühlte mich ertappt und wurde rot. „Einfach ... nur so", murmelte ich verlegen.

„Schließ wieder auf", sagte Mieke knapp.

Ich zuckte mit den Achseln und drehte den Schlüssel im Schloss zurück. „Darf ich dich denn jetzt, bei offener Tür, in den Arm nehmen, Mieke?"

Mieke schüttelte den Kopf.

„Verdammt, Mieke, darf ich dich jetzt nicht mal mehr, einfach als dein Bruder, trösten, wenn es dir schlecht geht?" Mieke schaute hoch, ihre Augen waren rot vom Weinen. „Du bist nicht mehr einfach mein Bruder", sagte sie leise. „Du bist eigentlich gar nicht mehr mein Bruder."

„Was bin ich dann, he?", fauchte ich verzweifelt.

Mieke zuckte mit den Achseln und schwieg.

„Was bin ich dann, Mieke?"

„Du bist ... alles und gar nichts", flüsterte Mieke schließlich. „Du bist alles, weil ich dich liebe, und du bist gar nichts, weil alles, was wir tun, geheim und verboten und krankhaft ist ..."

Da stolperte ich vorwärts, ließ mich neben Mieke auf das Bett fallen wie ein Stein und vergrub mein Gesicht, obwohl Mieke mich wegzuschieben versuchte, in ihrem Schoß.

Ich weinte tonlos, bis Mieke meinen Rücken zu streicheln begann. Als ich Miekes Hände endlich auf meinem Rücken spürte, begann ich zu schluchzen.

„Psst", flüsterte Mieke erschrocken. „Denk an Annegret und Franz, sie dürfen dich nicht hören!" Sie schob mir ihre Hand auf den Mund. Das fühlte sich wunderbar an und ich schloss meine verheulten Augen.

„Mattis, ich muss dir etwas sagen", sagte Mieke schließlich. Ihre Stimme klang so alarmierend, dass ich zusammenfuhr.

„Ich habe gestern ...", begann Mieke zögernd und sehr, sehr leise. Dann schwieg sie und schaute aus dem Fenster.

Ich richtete mich auf. „Was hast du gestern?"

„Ich war bei Frederik, gestern", sagte Mieke. „Gestern Abend."

Die Sekunden, die sie schweigend dasaß und nach Worten suchte, reihten sich wie wahnsinnig aneinander und stachen mich von allen Seiten in meinen bebenden Körper.

„Verdammt, Mieke, was war gestern?", fragte ich und sprang auf.

„Ichhabegesternmitfrederikgeschlafen", flüsterte Mieke hastig und es klang wie ein einziges, entsetzliches Wort.

Ichhabegesternmitfrederikgeschlafen.

156

„Was hast du?", fragte ich tonlos und stand mit hängenden Armen vor meiner Schwester.

„Ich wollte uns helfen", sagte Mieke. „Ich wollte uns beiden helfen." Sie sah zu mir hoch und sie schaute mich dabei halb an und halb nicht an. „Ich habe es getan, weil ich endlich Klarheit haben wollte."

„Mein Gott", flüsterte ich, obwohl ich so was sonst nie sage.

„Es war aber überhaupt nicht schön", sagte Mieke und stand jetzt auch auf. Dünn und blass und mit tiefen Schatten unter den Augen stand sie dicht vor mir. „Ich habe gedacht, es würde vielleicht ganz gut sein mit Frederik, aber es dauerte fünf Minuten und dann war es aus und vorbei und es hat gar nichts gebracht."

Über Miekes Gesicht liefen Tränen. Ich stand da und schaute sie unsicher an. Ihr nasses Gesicht, ihr weicher, schmaler Hals. Ihre geraden Schultern, die geschwungene Linie ihres kleinen Busens unter dem schwarzen T-Shirt, ihre schmale Taille und die dünnen, nackten Beine. Meine Mieke. Meine Schwester. Meine Freundin.

„Nimmst du mich jetzt in den Arm, Mattis?", bat mich Mieke da.

„Ich weiß es nicht", murmelte ich unglücklich. „Das mit Frederik, das ist ... Ich kann das nicht gut ertragen. Ich fühle mich ..."

„Bitte, Mattis, bitte", sagte Mieke.

„Ich weiß es nicht ...", sagte ich wieder.

Aber dann nahm ich sie doch in den Arm, ganz fest.

„Ich ertrage es nicht, dass du dauernd verlangst, ich solle dich nicht mehr berühren", flüsterte ich Mieke ins Ohr. „Ich habe es wirklich immer wieder versucht, dich und mich zu vergessen, aber es funktioniert nicht, Mieke."

Mieke nickte und drängte ihr Gesicht an mein Gesicht.

„Wir sind ein Irrtum der Natur", sagte sie lächelnd unter Tränen. „Und irgendwann wird es zu Ende sein, alles, was ist, geht schließlich irgendwann zu Ende. Aber jetzt, jetzt ist es eben noch nicht zu Ende, Mattis!"

Ich nickte. Und wir küssten uns wild und verzweifelt. Obwohl Annegret und Franz und Hans und Jost und Gisela im Haus waren. Und obwohl die Tür hinter Miekes Rücken unverschlossen war.

Und als Annegret plötzlich ungeduldig nach uns rief, ließen wir uns einfach schnell los, ohne zu erschrecken, und wir gingen ganz harmlos nebeneinanderher nach unten und erklärten den anderen, dass wir ein bisschen an die Luft gehen würden. Nur wir zwei zusammen. Jetzt gleich.

„Viel Spaß", sagten Jost und Gisela und lächelten freundlich.

„Immer noch unzertrennlich", sagte Annegret kopfschüttelnd.

Franz sagte nichts. Und Hans sagte auch nichts. Aber er schaute uns so sonderbar an, nachdenklich und besorgt.

Und Mieke und ich? Wir schnappten uns unsere Räder und fuhren bis ans andere Ende des Ortes. Dort, hinter der Kirche und hinter einem bäuerlichen Gehöft, begannen die Felder. Und dort gab es auch ein kleines, an einem Hang gelegenes Feld, auf dem Sonnenblumen wuchsen.

Dorthin fuhren Mieke und ich. Und dort schliefen wir miteinander. Leidenschaftlich und still und glücklich. Die Sonne schien und die Sonnenblumen schauten uns friedlich zu und wiegten sich, über uns, sanft im Wind.

August

Wir waren in Schweden und hausten in einem kleinen roten Schwedenhaus auf Öland, gleich am Meer. Das Haus gehörte Hans.

Annegret und Franz samt Hund waren nun doch mitgekommen. Und auch Gisela war uns nachgereist.

Eines Abends, als gerade die Sonne unterging, saß ich mit Mieke und den anderen im Garten. Der Tag war, für schwedische Verhältnisse, sehr heiß gewesen und der mit Erika bewachsene Boden strahlte Wärme aus wie ein unterirdischer Ofen.

Wir waren den ganzen Tag zusammen unterwegs gewesen und Annegret hatte zwischendurch, in einem kleinen Geschäft, das geduckt neben einem riesigen schwedischen Supermarkt stand, eine Hammelkeule erstanden. Dazu hatte sie Brot und Wein und Zwiebeln und Knoblauch gekauft. Annegret wäre diesen Sommer lieber nach Griechenland oder Spanien gereist als nach Schweden, sie lebt schließlich das ganze Jahr über hoch oben im flachen, windigen Norddeutschland und vermisst den warmen, anheimelnden Süden. Aber noch lieber als nach Kreta oder Mallorca wollte Annegret mit Mieke und mir zusammen sein, also waren sie mit nach Öland gekommen.

Franz baute eine große Feuerstelle und entfachte ein prächtiges Feuer, nachdem er mit Mieke, mir und Hans eine Menge Holz zusammengesucht hatte.

Die Flammen loderten wild im lauen Abendwind. Mieke hockte wie hypnotisiert davor und ihre Haare wehten im Wind und leuchteten im Feuerschein. Ich musste sie immerzu ansehen und setzte mich vorsichtig in ihre Nähe.

„Hallo, Mieke", flüsterte ich zärtlich.

Mieke schwieg. Vielleicht hatte sie meine Stimme gar nicht

wahrgenommen in dem Getöse, das das Feuer machte. Vielleicht wollte sie mir aber auch nicht antworten. Mieke war sehr wechselhaft seit ein paar Tagen, was das Zusammensein mit mir betraf.

Ich saß stumm da und schaute mal in Miekes ruhiges Gesicht und mal in die züngelnden Flammen des unruhigen Feuers. Ganz allmählich und nach und nach sanken die roten und gelben und orangefarbenen Flammen in sich zusammen und bildeten schließlich eine ruhige, dicke und rote Glutschicht.

Jost bereitete das Fleisch zu. Annegret schaute ihm streng über die Schulter dabei.

„Ich habe Hammelfleisch gekauft, weil Britta es geliebt hat", erklärte sie ihm.

„Ich weiß", sagte Jost friedlich. „Britta liebte Hammelbraten am Lagerfeuer und darum liebst du Hammelbraten am Lagerfeuer."

Annegret nickte traurig. „Ich leide immer noch unter ihrem Tod", stellte sie nachdenklich fest. Da drehte Jost sich um und streichelte Annegrets Schulter, für einen winzigen Augenblick bloß.

„Ich weiß", sagte er dabei. „Ich leide auch immer noch. Manchmal. Ganz plötzlich. Dann fehlt mir Britta so sehr, dass ich gerne aufschreien würde vor Elend."

Jetzt streichelte Annegret Jost am Arm. Ich schaute den beiden gerührt zu. Das hatte es ja zwischen ihnen noch nie gegeben. Frieden und Ruhe und gegenseitige Zuneigung und Verbundenheit.

„Du hast wenigstens die beiden Kinder", seufzte Annegret schließlich. Da nickte Jost und lächelte und schaute zu Mieke und mir herüber. Er sah richtig glücklich aus in diesem Moment.

Armer Jost, dachte ich traurig. *Wenn du wüsstest ...*

Hans und Gisela schleppten jede Menge Küchenutensilien herbei, Öl, Salbei, Knoblauch, Pfeffer und Rosmarin und einen riesigen Grillspieß.

Annegret spießte das Fleisch auf und legte den Spieß schließlich sorgfältig über die Glut auf der Feuerstelle. Franz setzte sich eng neben sie und legte ihr seinen Arm um die Schulter. Da saßen sie, die Eltern unserer Mutter, nachdenklich und stumm und immer noch traurig. Franz schnaufte und brummte und seufzte und rieb sich ein paarmal die zusammengekniffenen Augen. „Mist, elender, dieser scharfe Rauch brennt mir in den Augen", sagte er ärgerlich. Aber wir wussten natürlich alle, dass er mal wieder brummend-seufzend weinte.

Ich stand langsam auf und ging um das Feuer herum auf Hans zu. Als ich an Mieke vorüberging, berührte ich mit meiner hängenden Hand ihren Kopf.

Mieke schaute hoch. Ich lächelte vorsichtig und mein Zeigefinger berührte Miekes Ohr. Mieke lächelte zurück. „Ich freue mich auf später", flüsterte sie und schaute schon wieder weg.

Wir saßen hier nah am Wasser, die Sonne ging unter und immer weiter unter und für eine Weile wurde das Meer rot. Es zauberte ein majestätisches rotes Dreieck in seine gemächlich dahinschaukelnden Wellen hinein und das sah schön aus.

Das Fleisch fing an zu duften, nach Knoblauch und Rosmarin und Salbei.

Jedes Mal, wenn ein bisschen Fett in die Glut tropfte, zischte es laut.

Ich atmete tief durch und setzte mich zu Hans und dem dicken Faustus, der neben Hans lag und schlief.

„Hans, heute möchte ich mit dir reden", begann ich leise.

„Hier und jetzt?", fragte Hans leise zurück.

161

Ich schüttelte den Kopf. „Nach dem Essen, aber hier draußen am Meer."

„In Ordnung", sagte Hans und lächelte mir zu.

Ich nickte nervös und dann verkroch ich mich, bis die anderen ungeduldig nach mir riefen, direkt am Wasser, auf einem dicken, rauen Felsen. Kleine weiße Wellen rollten zu meinen Füßen ans Ufer.

Später aßen wir zusammen, wir lachten und redeten und hatten es ziemlich schön. Mieke saß die ganze Zeit neben mir und sie war nicht mehr so blass wie vor den Ferien und Fred Feuerstein war wieder an ihrem Ohr und ihre Haare hatte sie locker in einen weichen Zopf gebunden.

Schließlich lief Jost zum Haus und holte seine Gitarre. Er spielte, was ihm in den Kopf kam, lauter leise, sanfte Stücke. Gisela saß neben ihm und hatte ihre Hand auf seinen Oberschenkel gelegt. Annegret sah es und runzelte für einen Augenblick die Stirn. Franz sah es auch und er tätschelte Annegret aufmunternd die Wange und küsste sie auf die Stirn. Schade, dass die beiden nicht noch mehr Kinder bekommen hatten. Dann wären sie, ohne Britta, nicht so allein zurückgeblieben.

Jost spielte noch eine Weile weiter und Hans sang dazu, Lieder von Bert Brecht und den Beatles und den Rolling Stones und Joan Baez und Leonard Cohen.

Ich sah immer wieder Mieke an. Sie hatte die Beine angezogen, die Arme auf den Knien gekreuzt und ihr Kinn auf ihre Arme gelegt. So saß sie da und schaute in die Feuerglut, die kleiner und kleiner wurde.

Irgendwann hob ich seufzend den Kopf und sah, dass Hans mich anschaute, besorgt und nachdenklich anschaute.

Ich wurde rot, aber dann stand ich auf und ging langsam zu ihm rüber.

Hans nickte und stand ebenfalls auf.

„Habt ihr noch was vor, ihr beiden?", erkundigte sich Jost und brachte seine Gitarre zum Schweigen, indem er seine flache Hand über die Saiten legte.

„Wir wollen etwas bereden", erklärte Hans und dann gingen wir zusammen hinunter bis direkt ans Wasser und setzten uns in den Sand.

„Ich weiß, was los ist, Mattis", sagte Hans ruhig und schaute auf den See.

Ich hob den Kopf. „Ich weiß, dass du es weißt", sagte ich leise.

„Es geht um Mieke und dich", sagte Hans. „Ihr habt euch ineinander verliebt."

Da heulte ich los. Bei Hans muss ich aus irgendeinem Grund anscheinend dauernd weinen. In diesem Moment heulte ich los, weil ich so erschrocken, so entsetzt und gleichzeitig auch so erleichtert war. Endlich wusste jemand Bescheid. Endlich konnte ich mit jemandem reden. Endlich waren Mieke und ich nicht mehr ganz allein.

„Ich weiß nicht mehr weiter", schluchzte ich.

Hans legte mir seinen Arm um die Schulter.

„Es ist so ... schön mit Mieke. Und so lustig und vertraut", stammelte ich zusammenhangslos. „Dabei habe ich zu Hause eine ... eine Freundin."

Hans lächelte. „Das Mädchen, mit dem du Theater gespielt hast? Das große, hübsche Mädchen, das du auf dem Heuboden geküsst hast?"

Ich nickte schwach und schaute Hans unruhig in die Augen. „Genau", murmelte ich. „Als ich Theater gespielt habe, das alles ist ein einziges, kompliziertes Theaterspielen gewesen. Katrin und ich."

Ich atmete schwer und schaute mich nervös nach den anderen um. Die hatten ihren Wein anscheinend ausgetrunken, das Feuer war ebenfalls fast erloschen, Franz warf Sand auf die kläglichen Glutreste und Annegret sammelte das herumliegende Geschirr ein.

Mieke stand einfach bloß kerzengerade da und suchte mit ihren Augen nach Hans und mir. Irgendetwas in der Art, wie sie dort stand, ließ mich spüren, dass sie Angst hatte. Aber sie konnte uns nicht entdecken, wir hockten in einer kleinen Mulde, tiefer gelegen als die große Wiese vor Hans' kleinem Häuschen.

„Schön war es heute Abend", sagte Hans plötzlich. „Aber ich war trotzdem nicht ganz bei der Sache. – Ich musste immerzu nach dir und deiner Schwester sehen und es hat mich erstaunt, dass außer mir keiner zu sehen scheint, was los ist mit euch. – Du bist sehr verliebt in sie, nicht wahr?"

„Ja", sagte ich. Und dann, nach einer Pause: „Und ich bin entsetzlich unglücklich deswegen, weil es mich so entsetzlich glücklich macht, mit ihr zusammen zu sein."

Hans schaute mich nachdenklich an. „Habt ihr miteinander geschlafen?", fragte er vorsichtig.

Ich saß starr da und tat einen langen Moment lang gar nichts. Dann nickte ich trotzig.

Hans lächelte sanft. „Komm zu mir, Mattis", bat er. Und er nahm mich, obwohl ich mich ein bisschen sträubte, fest in den Arm.

„Habt ihr ein Mal miteinander geschlafen oder habt ihr es öfter getan?", fragte Hans weiter.

„Wir haben es oft getan", murmelte ich kraftlos. „Hans, sind wir pervers, sind wir krank?"

Hans schüttelte den Kopf. „Natürlich seid ihr nicht pervers oder krank", sagte er. „Was euch da passiert ist, das kommt schon mal vor. – Ich war als Junge selbst mal eine Weile in meine große Schwester verliebt."

Ich schaute Hans überrascht an. „Wirklich?"

Hans nickte. „In der Pubertät kann das schon mal passieren. Der Körper, der plötzlich verrücktspielt, hat Lust, sich zu verlieben, hat Lust, das Küssen und Einanderstreicheln und -erforschen kennenzulernen. Aber weil man vielleicht noch ein bisschen unsicher ist, geht es leichter, sich in jemanden zu verlieben, den man schon gut kennt, dem man sowieso schon vertraut. Also kommt man drauf und verliebt sich in seine Schwester. Oder in seinen Bruder."

Hans warf einen kleinen Stein ins ruhige Meer. Und dann noch ein paar Steine. „Komisch, dass sie bei mir niemals über das Wasser springen", sagte er ratlos. „Es sieht so einfach aus, so verflixt einfach, dabei ist es wirklich höllisch kompliziert."

Ich lächelte leicht. „Schau mal, Hans", sagte ich und sammelte mir rasch ein paar brauchbare Steine zusammen. „So musst du es machen: Wirf sie ganz flach. So. So. So. Und so."

Meine Steine sprangen, zack, zack, zack, zack, über das dunkle Wasser dahin.

„Toll", sagte Hans beeindruckt. Wir schauten uns an und da packte mich das Elend um Mieke und mich sofort wieder fest im Genick.

„Es darf natürlich kein Dauerzustand werden zwischen einem Bruder und einer Schwester, Mattis", sagte Hans vorsichtig und warf wieder einen Stein, der sofort versank.

„Aber ich brauche Mieke", sagte ich leise. „Gestern standen wir in deinem Garten plötzlich unter dieser gebeugten Weide hinter dem Haus. Der Mond ließ eine Menge Licht durch die Blätter fallen und Mieke und ich standen dicht zusammen. In Miekes Gesicht war ein richtiges Blätterschattenspiel. Mal waren ihre Augen hell, mal wurden sie dunkel, mal war ihr Mund im Licht und mal ihre Haare. Ich habe Mieke angesehen und mir hat alles wehgetan vor Liebe zu ihr."

Hans saß nachdenklich da. „Ich habe eine Menge Verantwortung, jetzt, wo du mir das alles erzählst", sagte er ernst.

„Du hast es doch sowieso gewusst", murmelte ich trotzig.

„Ja, ich habe es ... geahnt", gab Hans zu. „Aber jetzt, wo du es mir erzählt hast, kann ich nicht mehr so tun, als wären das nur meine vagen Vermutungen."

Hans stand auf und setzte sich wieder. Dann stand er wieder auf und raufte sich die Haare. Er begann hin und her zu laufen. „Passt ihr wenigstens auf, dass nichts passiert?"

Mir stockte plötzlich der Atem. „Du meinst, Mieke könnte ..."

Ich brach entsetzt ab. Dann schüttelte ich verzweifelt den Kopf.

„Nein, wir haben nicht aufgepasst", flüsterte ich. „Wir ... ich habe daran nicht mal gedacht. Ein Kind. Mieke könnte ... ein Kind bekommen. – – – Blutschande, Inzucht. Hans, natürlich habe ich daran mal gedacht, am Anfang, bevor wir ... Als alles noch meine Fantasie war, als noch gar nichts passiert war ..."

Ich sprang auf und stürzte benommen davon.

Hans blieb zurück und ich war froh, dass er mir nicht hinterherkam.

„Da bist du ja", begrüßte mich Mieke erleichtert, als sie mich eine Weile später im Garten unter der Trauerweide entdeckte. „Hast du ... geweint?"

Ich starrte Mieke erschöpft an und schwieg. Ich war, nachdem ich Hans davongelaufen war, eine lange Weile am Meer entlanggelaufen. Ich hatte geheult, gebrüllt, Steine ins Wasser geschleudert, war versehentlich in eine scharfe Muschel getreten und hatte zum Schluss ratlos und müde über das Wasser hinweg aufs schwedische Festland gestarrt.

Ich wusste, ich musste meiner Schwester jetzt beichten,

dass Hans über uns Bescheid wusste. Ich wusste auch, ich musste mit ihr über die Möglichkeit sprechen, dass wir, wenn wir nicht höllisch aufpassten, in der wahnsinnigen Gefahr waren, ein Kind zusammen zu zeugen ...

Aber ich konnte nichts sagen. In mir war alles zu. Ich öffnete den Mund, um einen Anfang zu machen, aber ich schaffte es nicht. Es fühlte sich in meinem Hals so an, als würde ich mich sofort übergeben, wenn ich versuchte, mit Mieke über mein Gespräch mit Hans zu sprechen.

„Was ist denn los?", fragte Mieke beunruhigt. „Du bist ja kalkweiß im Gesicht."

„Ich ...", stammelte ich.

„Hast du etwa mit Hans über uns geredet?", fragte Mieke plötzlich alarmiert.

Ich zuckte verzweifelt mit den Achseln.

„Was soll das heißen, Mattis?", fauchte Mieke. „Nun sag doch endlich mal was."

„Ich habe ihm nur gesagt, dass du mir sehr wichtig bist, dass ich ... dass ich ein bisschen verliebt bin in dich ..."

Mieke schlug die Hände vors Gesicht. „Hast du ihm etwa auch erzählt, dass wir ...?", fragte sie zitternd und brach dann ab.

Ich schüttelte schnell den Kopf. „Nein, das habe ich nicht erzählt", log ich, weil ich dieses schreckliche Gespräch so schnell wie möglich hinter mir haben wollte. Und weil ich plötzlich meine Ruhe haben wollte. Und weil ich vor allen Dingen nicht über die letzte Frage reden wollte, die Hans mir gestellt hatte. Die Warnung, dass Mieke durch das, was wir hier heimlich taten, auch schwanger werden konnte.

„Mieke, ich möchte heute Abend nicht mehr darüber reden", bat ich meine Schwester schließlich vorsichtig. „Ich möchte ganz einfach nur allein sein und an gar nichts mehr denken."

Da drehte Mieke sich wortlos um und ließ mich stehen. Ich schaute ihr mit hängenden Armen traurig nach und hasste die ganze Welt.

Mieke und ich gingen uns aus dem Weg. Wir gingen auch Hans aus dem Weg. Ich war gereizt und aggressiv und Mieke sah, wenn sie Hans mal nicht ausweichen konnte, sofort sehr ängstlich und angespannt aus.

Hans ging mit Jost zum Surfen, saß mit Jost und Gisela im Garten und trank jede Menge Wein aus schwedischen Frühstücksbechern, spielte Rommé mit Annegret und Franz und Backgammon mit Franz allein. Zwischendurch telefonierte er auf Englisch oder Französisch oder Spanisch mit seinen diversen Kollegen und Angestellten rund um den Globus und tippte jeden Tag ein paarmal arbeitsam auf seinem tragbaren Computer. Aber er wirkte ebenfalls niedergeschlagen und sehr nachdenklich.

„Was ist bloß in diesem Sommer mit euch allen los?", fragte Jost ein paarmal missmutig beim Abendessen im Garten.

Dann schwiegen Mieke und ich nervös. Und Hans bemühte sich für eine Weile um eine vergnügtere Miene.

Gisela und Jost gingen in den Sommertagen in Schweden immer öfter Hand in Hand und lächelten sich vertrauensvoll und verliebt zu.

Dann, mitten im August, hatten Mieke und ich Geburtstag.

Jost brachte Mieke das Frühstück ans Bett und Gisela brachte mir das Frühstück in mein Zelt im Garten, in dem ich in der letzten Zeit jede Nacht schlief.

„Herzlichen Glückwunsch, Martin", sagte Gisela und überreichte mir, außer dem voll beladenen Frühstückstablett, ein mittelgroßes Päckchen, in dem ein neues Objektiv für meine Kamera steckte, das ich mir schon lange gewünscht hatte.

Ich lächelte Gisela dankbar zu und sie lächelte zufrieden und freundlich zurück.

Später umarmten mich Annegret und Franz und Jost natürlich. Und Hans.

Dann stand Mieke vor mir. So wie sie jedes Jahr an unserem Geburtstag vor mir gestanden hatte.

„Herzlichen Glückwunsch, Mattis", sagte sie leise.

„Herzlichen Glückwunsch, Mieke", murmelte ich nervös zurück. Dann standen wir wieder da und taten nichts.

Zum ersten Mal in unserem Leben hatten wir keine Geschenke füreinander.

„Kerle, was ist nur los mit euch?", fragte Jost verwirrt, trat kopfschüttelnd auf uns zu, legte seine Arme entschlossen um mich und Mieke gleichzeitig und drückte uns an sich.

Miekes und mein Gesicht stießen aneinander bei dieser Dreierumarmung. Mir wurde heiß und die Stelle, an der Miekes Wange meine Wange berührt hatte, brannte förmlich.

„Verratet uns endlich, was ist los mit unseren beiden Unzertrennlichen?", fragte da auch Franz verwundert. „Martin schläft seit Tagen allein und verlassen im Garten und Magdalena macht ein Gesicht wie sieben Tage Regenwetter ..."

„Nichts ist los", sagte Mieke hastig.

„Es ist alles in Ordnung", sagte ich.

Hans lächelte mir beruhigend zu und ich schaute verzweifelt hinunter ins Gras. Der Tag, der folgte, ist mir nur noch undeutlich in Erinnerung. Auf jeden Fall waren sie alle furchtbar nett zu uns, wir bekamen eine Menge Geschenke und Jost spielte auf seiner Gitarre für uns, mittags kochte Gisela ein leckeres Geburtstagsessen, nachmittags gab es

169

Pfirsich- und Erdbeerbowle und abends machte Franz wieder ein schönes Feuer.

Es war ein heller Abend, ich war ziemlich betrunken, der Boden schwankte dank der vielen süßen Bowle schon ein bisschen unter meinen Füßen, und als es schon fast Mitternacht war und das Feuer langsam niederbrannte, beschlossen wir, zusammen schwimmen zu gehen. Annegret und Franz waren die Einzigen, die zu Hause blieben, die Luft um uns herum roch nach Lagerfeuer und wir schnappten uns unsere Fahrräder aus dem Schuppen und fuhren zum nahen Waldsee.

Die Nacht war wirklich hell, höchstens ein bisschen nebelige Dämmerung hing über dem riesigen, stillen See. Die Luft war frisch und Mieke und ich rannten nebeneinanderher zum See hinunter.

Jost und Hans zogen sich bereits lachend aus. Dann rannte Hans splitternackt und sehr vergnügt über den langen, wackeligen, ächzenden Steg und sprang kopfüber ins tiefe Wasser.

Jost, der ein bisschen wasserscheuer ist, wanderte behutsam am flachen Steinufer entlang und watete dann langsam und vorsichtig in den See hinein.

Gisela, die sich hinter einem hohen Stein ausgezogen hatte, schlich verstohlen an ein paar Büschen vorbei ins dunkle, undurchsichtige Wasser hinein und schwamm mit ein paar kräftigen Schwimmstößen sofort weit in den See hinaus.

Mieke und ich waren stehen geblieben und schauten uns vorsichtig an.

„Darf ich mir vielleicht trotz allem etwas von dir zum Geburtstag wünschen?", fragte Mieke schließlich leise.

Ich nickte stumm.

„Bitte, Mattis", sagte Mieke da. „Schlaf nicht mehr im Zelt

im Garten. Es ist so grässlich, allein in diesem Zimmer zu wohnen, in dem ich jahrelang mit dir gewohnt habe ..."

„Ach, Mieke", seufzte ich unglücklich. „Nichts ist schöner, als in deiner Nähe zu sein, aber ..."

Da legte Mieke schnell ihre kalte Hand auf meinen Mund. „Sag nur, ob du mir meinen Wunsch erfüllst", bat sie nervös.

Da nickte ich schnell. Und Mieke atmete auf.

Dann begannen wir im Zeitlupentempo aus unseren Sachen zu schlüpfen. Wir ließen uns keinen Augenblick aus den Augen dabei.

„Schöne Mieke", flüsterte ich, als Mieke nackt vor mir stand.

„Hör auf", bat Mieke nervös.

Nebeneinanderher gingen wir zum Wasser. Eine nackte Mieke und ein bebender, nackter Mattis. Mir klopfte das Herz bis zum Hals.

Das Wasser kam mir kalt vor. Zitternd setzte ich einen Fuß vor den anderen. Die anderen waren ein ganzes Stück hinausgeschwommen und alberten jetzt da draußen zu dritt herum.

Mieke und ich schauten uns an und dann schwammen wir in die entgegengesetzte Richtung. Wir schwammen und schwammen, bis mir beide Arme wehtaten und ich völlig außer Atem war.

Mieke schwamm dicht neben mir. Das Wasser kam mir jetzt gar nicht mehr kalt vor, im Gegenteil, es schmiegte sich lau und weich an meinen verrückten Körper.

Der See machte schließlich einen kleinen Knick, ein schmales Ufer lag vor uns. Wir schwammen schweigend darauf zu, als Mieke eine winzige Seebucht entdeckte, eingekreist von großen grauen Steinen. Das Wasser war dort gerade noch so tief, dass man eben stehen konnte und einem das Wasser dann bis ans Kinn reichte.

Wir sprachen immer noch kein Wort, aber wir schwammen in diese kleine Steinbucht hinein, schlangen unsere Arme umeinander und unsere Körper fanden sich so, wie sie sich finden sollten. Es ging alles so schnell, trotz des schwerelosen Gefühls des Wassers, und ich hatte so wenig damit gerechnet, dass mich die plötzliche Erregung fast zerriss. Mieke war so geistesgegenwärtig, mir ihre Hand blitzschnell auf den Mund zu pressen, als mich mein Höhepunkt vollständig überrumpelte.

Und plötzlich waren da Jost und Hans. Sie waren einfach plötzlich da.

„Hallo, meine Geburtstagszwillinge", rief Jost freundlich und schwamm auf uns zu. „Ist das Wasser nicht verdammt wunderbar?"

Mir setzte fast der Atem aus, ich tauchte unter und brachte hastig eine Menge Distanz zwischen Miekes und meinen Körper. Mieke schwamm ebenfalls schnell aus der kleinen Bucht hinaus.

„Na, ihr beiden Unzertrennlichen, habt ihr euch endlich ausgesöhnt?", fragte Jost zufrieden und spritzte einen Schwall Wasser zu uns herüber.

Weder Mieke noch ich konnten eine Antwort geben. Ich schwamm wie ein Delfin davon, unter Wasser, über Wasser, unter Wasser, über Wasser ...

Hans schwamm mir nach, aber ich ließ ihn einfach nicht an mich heran.

Der Rest des Sommers war wunderbar. Hans sprach mich mit keinem Wort auf die Nacht im See an, er ließ uns einfach in Ruhe, wenn er auch verunsichert und nicht besonders glücklich wirkte.

Ich baute mein Zelt im Garten wieder ab und schlief wieder mit Mieke in unserem alten, vertrauten Ferienzimmer. Weder Jost noch Gisela oder Franz und Annegret dachten sich etwas dabei.

„Dieser Sommer ist einfach unser Sommer", flüsterte mir Mieke am Tag nach der Nacht im See zu und drückte meine Hand. „Und wir lassen uns diesen Sommer nicht kaputt machen, in Ordnung?"

Ich nickte und schob alles, was mir Angst und Sorge machte, mit einem Ruck aus dem Weg.

Wir liefen strahlend durch die Gegend, wir tobten tagsüber am Meer und nachts am See, wir wanderten durch den endlosen Wald, wir sammelten Walderdbeeren, bis wir wirklich nirgendwo mehr welche finden konnten, und wir liebten uns, wann immer wir allein waren.

Manchmal, ganz plötzlich, konnte es allerdings passieren, dass Mieke ängstliche und niedergeschlagene Augen bekam.

„Was hast du, Mieke?", fragte ich dann misstrauisch.

„Was soll nur werden?", fragte Mieke dumpf zurück. „Wie soll es weitergehen mit uns? Wenn wir wieder zu Hause sind? Wenn die Schule wieder anfängt? Wenn unser Sommer rum ist, Mattis?"

„Nicht denken, Mieke", beschwor ich sie dann hastig. „Nicht denken, hörst du?"

Denn denken durften wir wohl immer weniger. Schließlich wusste Hans Bescheid und das wusste ich. Und dass wir uns nicht mal vorsahen, dass wir es darauf anlegten, womöglich auch noch ein Baby miteinander zu zeugen, das wussten wir schließlich, tief in uns drin, auch.

Wir durften einfach nicht darüber nachdenken. Dann war ja alles gut.

Wir fuhren nach Hause. Die Ferien waren so gut wie um. Annegret und Franz und Faustus stiegen auf der Rückreise in Hamburg in einen Zug um und wir winkten ihnen erleich-

173

tert hinterher, als ihr Regionalzug den Bahnhof in Richtung Lüneburger Heide verließ.

Dann waren wir zu Hause. Es war schwierig, in den Alltag zurückzufinden. Hans musste wieder arbeiten, aber er hatte noch eine Weile in einer kleinen Firma in unserer Nähe zu tun und blieb darum noch bei uns wohnen.

Gisela ging wieder bei uns ein und aus, aber Mieke störte sich diesmal nicht daran.

Jost entdeckte bei unserer Rückkehr einen Anruf einer kleinen Berliner Galerie auf unserem Anrufbeantworter, die ihm vorschlug, in Berlin ein paar seiner neuesten Bilder auszustellen. Roberts Vater hatte das für Jost arrangiert und mein Vater war glücklich darüber und stürzte sich in die Arbeit.

Mieke und ich waren weniger glücklich. Wir schlichen im Haus herum und Mieke war wieder ängstlich und nervös.

Eines Tages überredete ich Mieke vorsichtig dazu, sich von mir fotografieren zu lassen.

„Komm, wir machen einfach ein paar schöne Bilder. Ich von dir und du von mir, okay?", flüsterte ich ihr aufmunternd ins Ohr.

„Lieber nicht, Mattis", sagte Mieke und schüttelte ablehnend den Kopf.

„Warum denn nicht? – Du brauchst doch keine Angst zu haben. Jost ist unterwegs und Hans ist abgereist, wir sind ganz allein ...", drängte ich sie und streichelte und küsste ihr Gesicht. Ich tat dann eine Weile nichts weiter, als ihren Duft und ihre Wärme einzuatmen. Es machte mich fast verrückt.

Schließlich streichelte ich sie am ganzen Körper und sie streichelte mich am ganzen Körper und irgendwann zogen wir uns aus und wir schliefen miteinander und ich fotografierte Mieke dabei mit zitternden Händen ...

Und dann kam eines Tages der schlimmste Tag in meinem Leben.

Die Ferien waren endgültig vorbei, draußen hatte tagelang ein düsterer, schwerer Nebel in der Luft gelegen, der mich völlig verrückt machte. Katrin hatte sich, jetzt wo Robert nicht mehr hier war, lächelnd an meine Seite gesetzt und in den dämmrigen Schulpausen las sie mir in einer breiten Fensternische im Schulflur *Dshamilja*, die schönste Liebesgeschichte der Welt von Tschingis Aitmatow vor, während Mieke stumm an uns vorüberging und traurige Augen hatte.

„Du hörst mir ja gar nicht richtig zu", sagte Katrin zwischendurch missmutig. Missmutig und ein bisschen gekränkt.

„Natürlich höre ich dir zu", sagte ich hastig, lächelte Katrin versöhnlich an, schob meine Hand in ihre Hand und schaute Mieke niedergeschlagen hinterher.

Zu Hause in unserem nebeligen Garten blühten, inmitten einer Menge welkender Astern, bereits die allerersten Herbstzeitlosen.

Und mitten in dieser dunklen Woche standen dann auch noch Annegret und Franz und Faustus plötzlich vor der Tür.

Sie waren auf dem Weg nach Wien, wo sie entfernte Verwandte besuchen wollten, aber unterwegs war ihnen wohl in den Sinn gekommen, wie schön es wäre, schon wieder bei Mieke und mir und Jost eine kurze Zwischenstation einzulegen.

„Wir stören doch hoffentlich nicht?", fragte Franz und polterte bereits ins Haus hinein.

Jost, der bis zum Hals in den Vorbereitungen zu seiner Ausstellung steckte, sah wenig begeistert aus. Aber das störte Annegret und Franz nicht. Sie waren da und sie richteten sich häuslich ein.

Und sie brachten das Ende.

September

Am Donnerstag rief Hans an.

„Mattis, Hans ist am Apparat und will dich sprechen", rief Jost, der zerzaust und übermüdet aussah, zur Treppe hinauf.

„Ich komme schon ...", murmelte ich wenig begeistert, schnappte mir den Hörer und schloss mich mit dem Telefon vorsorglich in der Toilette ein.

„Hallo, Mattis", sagte Hans.

„Hallo, Hans", antwortete ich vorsichtig.

„Was machst du so?"

„Jeden Tag dasselbe, ich gehe in die Schule und ich hänge rum, das ist alles."

„Wie geht es Mieke?"

Sofort schoss mir sämtliches Blut in den Kopf und bereitete mir stechende Kopfschmerzen. *Hans, der alles wusste, fragte nach Mieke. Seine Stimme klang harmlos, freundlich, friedlich, aber dennoch war sein Anruf ein Kontrollanruf, das war so sicher wie das Amen in der Kirche ...*

„Mieke geht es gut", sagte ich steif.

„Und wie steht es mit Katrin, der schönen Riesin?"

„Katrin geht es auch gut. Sie gibt sich alle Mühe, meinen Bildungsstand zu maximieren, zurzeit hat sie die hohe Kunst der anspruchsvollen Literatur am Wickel ..."

Hans lachte ein bisschen. „Was ist mit Mieke und dir?", fragte er dann und seine Stimme war schon wieder ernst.

„Da mag ich lieber nicht drüber reden, Hans", bat ich, nach einer kurzen, verzweifelten Weile, leise. „Bitte."

Hans schwieg einen Augenblick. „Wir müssen nicht darüber reden, wenn du nicht willst", sagte er dann. „Aber, Mattis, ihr müsst rauskommen aus dieser Sache. Ihr dürft euch nicht mehr aneinanderklammern, als gäbe es nur euch zwei, verstehst du?"

„Jetzt reden wir ja doch", murmelte ich unglücklich.

„Ich rede, Mattis. Du musst nur zuhören."

Ich seufzte, kauerte mich auf den kalten Steinfußboden und presste meine Stirn gegen die kalten Kacheln. „Dann rede ...", flüsterte ich müde.

„Du musst auch an deine Schwester denken", sagte Hans.

„Das tue ich ununterbrochen", antwortete ich zynisch, obwohl mir gar nicht nach Zynismus zumute war. Mir war eher nach Davonlaufen, nach Ohrenzuhalten, nach Kopf-in-den-Sand-Stecken.

„Du weißt, wie ich es meine", sagte Hans.

„Ja", sagte ich.

„Warum trefft ihr euch zum Beispiel nicht öfter mit anderen Leuten? Warum geht ihr nicht ab und zu mit ein paar Klassenkameraden ins Kino?"

Und so ging es weiter und weiter und ich sehnte mich immer verzweifelter nach Mieke und wurde müder und müder und müder von Hans' Stimme.

Am Freitag traf sich Mieke nachmittags aus heiterem Himmel mit Konrad.

„Warum gehst du mit ihm weg?", fragte ich entsetzt.

„Ich finde ihn ... nett", sagte Mieke und schaute an mir vorbei. Und dann ging sie und ich lag heulend in meinem Bett. Annegret klopfte ein paarmal an meine Tür, aber ich hatte die Tür zugeriegelt und stellte mich tot.

Am Samstag fuhren Jost und Gisela nach Berlin, um die kleine Charlottenburger Galerie in Augenschein zu nehmen und um Josts neue Bilder ins richtige Licht zu rücken.

Annegret und Franz gingen mit Faustus auf Wanderschaft in den Wald.

Und Mieke und ich waren allein zu Hause.

„Sieh mal, die Sonne scheint, Mieke", sagte ich und es war das Erste, was ich wieder zu ihr sagte, seit sie sich vor zwei Tagen mit Konrad getroffen hatte.

„Ich sehe es", sagte Mieke.

„Es ist jetzt Herbst", stellte ich sachlich fest, obwohl ich innerlich schon wieder am ganzen Körper zitterte.

Mieke nickte und dann kam sie zu mir und lehnte sich an mich und ich schlang meine Arme fest um sie und küsste sie. Dann schliefen wir miteinander, mitten in Josts Arbeitszimmer, direkt unter dem Bild von unserer Mutter.

Und dann stand plötzlich Annegret im Zimmer. Annegret mit einem jaulenden, hinkenden Faustus an der Leine, der sich die Pfote verletzt hatte und eine dünne Blutspur hinter sich ließ.

Annegrets Gesicht wurde bleich und ihre Augen waren weit aufgerissen. Sie sah aus wie ein Monster. Sie torkelte auf uns zu, Faustus winselte immer jämmerlicher und Annegret packte mich am Arm wie einen Schwerverbrecher.

„Martin, geh auf dein Zimmer", sagte Annegret tonlos. „Mieke, zieh dich sofort an, du kommst mit mir!"

Ich stand mit hängenden Armen nackt mitten im Zimmer und Mieke wickelte sich weinend in Josts Bettdecke ein.

„Verschwinde, Martin, geh nach oben!", sagte Annegret. „Faustus, kusch dich und gib Ruhe!"

Annegrets Stimme wurde langsam hysterisch. „Ich rufe jetzt euren Vater an", schrie sie.

„Wie lange gehen diese ... diese Sauereien schon?", schrie sie.

„Was kannst du dich nur an deiner eigenen Schwester vergehen, Martin?", schrie sie.

„Seid ihr übergeschnappt?", schrie sie.

Mieke zuckte zusammen und schloss die Augen. Ich stand stumm da und fror so entsetzlich, dass meine Zähne laut aufeinanderschlugen und mir mein ganzer Körper vor Kälte und Entsetzen wehtat. Schließlich stolperte ich auf Mieke zu und wollte sie vor Annegrets wahnsinnigem Geschrei beschützen, aber Annegret begann wieder an meinem Arm, an meiner Hand, an meinen Schultern zu reißen.

„Fass sie nicht an!", schrie Annegret. „Fass sie, um Himmels willen, nicht an ..."

Da sprang Mieke plötzlich auf. „Sei still, Annegret!", brüllte sie verzweifelt. „Lass Mattis in Ruhe, du verletzt ihn ja, wenn du so an ihm herumreißt! Kümmere dich um den Hund, tu doch etwas mit diesem armen Vieh! Und dann geh weg! Lass uns in Ruhe! – Du hast kein Recht ...!"

Und in diesem Moment stand plötzlich Franz im Türrahmen.

„Was ist denn – hier los?", fragte er erschrocken. Und dann fing Annegret laut an zu schluchzen und stammelte lauter völlig zusammenhanglose Dinge.

Sie wimmerte etwas über ihre tote Tochter, sie schluchzte etwas von Mieke und mir im Brutkasten vor siebzehn Jahren, sie schimpfte über Jost, der ein Versager sei, und ihre Stimme überschlug sich dauernd und sie krallte sich an Franz wie eine Ertrinkende. Sie weinte über unsere verbotene Liebe, über Perversion, über kranke, verstörte Kinder und über die Schande.

Das Ganze dauerte nur ein paar Sekunden, aber mir kam es wie eine bleierne Ewigkeit vor. Mir war plötzlich so schwindelig, dass ich mich kaum bewegen konnte. Und ich fror, fror, fror. Trotzdem stolperte ich schließlich vorwärts und nahm Mieke fast grob am Arm.

„Komm mit", sagte ich, zog sie hoch und dann verließen wir zusammen Josts Arbeitszimmer. Ich fühlte mich steinalt und todmüde und ich wünschte mir plötzlich, einfach nur zu sterben und dann tot zu sein und meine Ruhe zu haben.

Dann wäre auch dieses wahnsinnige Frieren endlich vorbei gewesen. Aber vorläufig lebte ich noch und ich hasste die ganze Welt und mich hasste ich am allermeisten.

Mieke und ich schlichen uns, ohne uns anzuschauen, nach oben und schlossen uns, jeder für sich, in unseren Zimmern ein.

Dann war es ganz still im Haus.

Von den Tagen, die folgten, habe ich nur undeutliche Erinnerungen. Jedenfalls waren draußen die Blätter an den Bäumen so bunt, als habe sie jemand mit viel Farbe angemalt.

Gleich nachdem Mieke und ich zusammen Josts Arbeitszimmer verlassen hatten, um nach oben zu gehen, hatte Annegret jedenfalls Jost in Berlin angerufen. Und am Abend rief mich Jost zurück.

„Martin, bist du dran?", fragte er mit heiserer Stimme.

Ich schwieg.

„Martin?" Josts Stimme klang so hilflos, wie sie noch nie geklungen hatte. Mein Magen zog sich zusammen. Da tönte ein seltsamer Laut durch das Telefon. Zuerst dachte ich, es liege an der Verbindung nach Berlin. Aber dann begriff ich plötzlich, dass Jost angefangen hatte zu weinen. Da fing ich ebenfalls an zu heulen und irgendwann legte ich einfach den Hörer auf und kroch zurück in mein Bett.

Am nächsten Morgen schien die Sonne blendend hell vom Himmel und Jost und Gisela kamen stumm nach Hause zurück. Hans kam ebenfalls und verschwand sehr schnell mit den anderen in Josts Arbeitszimmer. Die Tür hinter ihnen war praktisch pausenlos geschlossen.

Da wurde Mieke krank. Sie lag in ihrem Bett, in ihrem Zimmer, und ich durfte dieses Zimmer nicht betreten. Das hatte Annegret angeordnet.

180

„Das ist doch Quatsch", habe ich Hans einmal bedrückt sagen hören. „Ihr könnt das Mädchen doch nicht einsperren wie eine Verbrecherin."

Aber Hans' Worte nützten nichts. Ich durfte Mieke nicht sehen. Und Mieke war plötzlich sehr krank. Sie bekam hohes Fieber und hustete den ganzen Tag. Sprechen konnte sie auch nicht. Ein Arzt wurde geholt, der eine Lungenentzündung feststellte. Annegret wollte Mieke ins Krankenhaus bringen lassen, aber der Arzt schüttelte den Kopf und verschrieb lediglich eine Menge starker Medikamente. Und er kam jeden Abend vorbei, um nach Mieke zu sehen.

Da legte ich mich ebenfalls ins Bett und wartete auf das, was kommen würde.

Zuerst kam Jost. Schweigend stand er vor mir und schaute mich an. Ich lag wie gelähmt in meinem Bett und schaute stumm zurück.

„Ich war wohl blind", sagte Jost irgendwann kopfschüttelnd. „Ich hätte natürlich längst sehen können, was los war mit dir und deiner Schwester. Ich habe eben alles verkehrt gemacht. Ich mit meiner blödsinnigen Malerei."

Ich hätte Jost gerne getröstet, aber mir fiel nichts ein.

„Wann darf ich Mieke wiedersehen?", fragte ich bloß. „Bitte, Jost, wann darf ich mit ihr reden?"

„Ich weiß es nicht", antwortete Jost mit müder Stimme.

Nach Jost kam Hans.

„Es tut mir leid, dass es so weit gekommen ist", sagte er und hockte sich vor mein Bett.

„Sie werden mir Mieke wegnehmen, nicht wahr?", fragte ich leise und schaute, während ich sprach, an die Zimmerdecke.

Hans sagte nichts, er guckte mich bloß traurig und ratlos an.

„Ich friere so, Hans", sagte ich dann. „Warum friere ich

bloß immer so?" Ich trug bereits drei Pullover übereinander, aber das Frieren in mir drin ließ nicht nach.

Hans drückte meine Hand.

Es war, als würden sie mich vorsichtig darauf vorbereiten, mich selbst zu halbieren. Es war klar, sie würden Mieke von mir entfernen, uns trennen.

Franz reiste allein nach Wien und ließ Annegret zurück, die es sich zur Aufgabe gemacht hatte, jeden meiner Schritte zu überwachen. Morgens machte sie mir ein Frühstück, das ich nicht aß, mittags kochte sie ein Mittagessen, das ich ebenfalls unberührt ließ. Ich nahm eine Menge ab und ich hockte stundenlang an meinem Fenster und schaute in den Garten und wartete verzweifelt auf die Ruhe, die früher immer über kurz oder lang über mich gekommen war, wenn ich hier still saß und hinausschaute. Aber die Ruhe kam nicht. In der Schule fehlten Mieke und ich jetzt schon eine ganze Woche. Am Wochenende kam Katrin zu Besuch. Die Klingel schrillte, Annegret öffnete ihr die Tür und ich konnte hören, wie Katrin nach mir fragte. Ich öffnete leise meine Tür und lehnte mich ans Treppengeländer.

„Ich wollte Mattis besuchen", erklärte Katrin Annegret eine Spur ungeduldig. „Was ist los mit ihm, ist er krank?"

Annegret stand unschlüssig vor der Riesin, die sie ja noch nie gesehen hatte. Aber schließlich ließ sie Katrin doch zu mir nach oben.

„Hallo", sagte Katrin, als sie die Treppe hochgestiegen war und im dämmrigen Flurlicht vor mir stand.

„Hallo", murmelte ich und zusammen gingen wir in mein Zimmer hinein. Katrin kam mir furchtbar fremd vor, als sie sich lächelnd vor mich auf den Boden setzte und ihre langen Beine unter sich sortierte. Fremd und normal und wie von einer ganz anderen Welt. Einer heilen, unkomplizierten

Welt, in der Miekes und meine verbotenene Liebe ganz und gar unbekannt war.

„Was ist denn los bei euch, Mattis?", fragte Katrin mich schließlich, nachdem wir uns ein paar Augenblicke nur stumm angeschaut hatten. „Du bist ja leichenblass im Gesicht und dazu dürr wie eine ungekochte Spaghetti."

Ich schwieg und hatte einen Moment lang fast das Gefühl, wieder weinen zu können. Aber dann weinte ich doch nicht. Ich saß einfach da und schaute Katrin hilflos an.

„Die Stille in diesem Haus macht mich verrückt", hatte Jost gestern Abend erst zu Annegret gesagt, als er, auf dem Weg zu Miekes Zimmer, an meiner Zimmertür vorübergekommen war. Mich machte diese Stille auch verrückt. Aber es schien, dass sie zum Abwarten dazugehörte.

„Katrin, darf ich dir etwas erzählen, was mir passiert ist?", fragte ich schließlich, weil Katrin immer noch still und stumm und abwartend vor mir saß.

Katrin nickte.

Und dann erzählte ich ihr alles. Von diesem verrückten, verbotenen Jahr, von Mieke und mir.

„Armer Mattis", sagte Katrin kopfschüttelnd, als ich zum Schluss wieder stumm in mich zusammensackte. „Und ich dachte, du bist bloß ein bisschen schüchtern und hast noch nicht so viel Lust auf Sex und so was ..."

„Es tut mir leid, dass du dich ... ausgerechnet ... in so einen wie mich ... verlieben musstest", stieß ich schließlich zwischen den Zähnen hervor.

„Soll ich dich trotzdem mal in den Arm nehmen?", fragte Katrin und legte ihren Arm um meine Schulter. Das tat gut und wir saßen einfach so da, eine halbe Ewigkeit lang, wie Oma und Opa, die bereits seit fünfzig Jahren milde und selbstvergessen beisammensitzen.

„Du bist lieb, Katrin", flüsterte ich schließlich.

183

Oktober

Am ersten Oktobertag trafen Mieke und ich uns zufällig im Flur. Ich war schon vor ein paar Tagen zum ersten Mal wieder in die Schule gegangen und Miekes Lungenentzündung war auch endlich ausgeheilt. Annegret arbeitete unten in der Küche und Hans und Gisela waren nicht im Haus. Lediglich Jost war unten im Wohnzimmer und rauchte eine seiner Krisenpfeifen, die er immer raucht, wenn es ihm schlecht geht und er in einer Seelenkrise steckt. Der Pfeifenqualm kroch unerbitterlich durch das ganze stille Haus.

Mieke und ich zuckten beide zusammen.

„Sie werden uns endgültig voneinander trennen, Mieke", stotterte ich, nur um wenigstens etwas zu sagen.

Mieke nickte. „Sie reißen uns auseinander, als wären wir Schwerverbrecher", flüsterte sie. „Und mir tut alles weh, es fühlt sich an wie verbluten, innerlich verbluten."

„Der Sommer in Schweden war trotz allem wunderschön", sagte ich irgendwann felsenfest.

„Und es war schön, mit dir zusammen zu sein", antwortete Mieke.

„Und ich habe es geliebt, mit dir zu schlafen", sagte ich.

„Und ich habe dich sehr, sehr lieb", sagte Mieke leise.

Alles das sagten wir uns in unserem dämmrigen, engen Flur, der von meinem Zimmer zu Miekes Zimmer führte. Draußen goss es in Strömen und der Regen schlug die ersten braun gewordenen Blätter von den Bäumen.

„Du hast ganz andere Augen als im Sommer", sagte Mieke, als wir Annegret schon aus der Küche kommen hörten.

„Wie meinst du das?", fragte ich, obwohl Annegret schon auf der Treppe war.

„Deine Augen sehen aus, als wären sie leer geweint",

murmelte Mieke sanft. Und dann war Annegret da und führte Mieke schnell an mir vorüber, zurück in ihr Zimmer.

„Jost, ich werde verrückt", sagte ich am Abend leise zu meinem Vater, als er zu mir heraufgekommen war, um mit mir ein paar Kritiken aus Berliner Tageszeitungen zu studieren, die Roberts Vater ihm zugeschickt hatte.

Jost seufzte und hockte sich zu mir auf mein Bett. Und dann begann er mir mein zukünftiges Leben in bunten Farben auszumalen. Er redete von Freunden, von Partys, von diversen Möglichkeiten, meine komplizierten Gefühle über die Kunst, die Musik oder das Theaterspielen auszuleben. Er versprach mir eine Reise nach Amerika, Kino, Spaziergänge, Wanderungen. Und er redete von Katrin.

Ich saß stumm da und hörte zu.

Und am nächsten Tag verließ Mieke unser kleines, unordentliches Haus mit dem wilden Garten. Hans und Jost trugen ihre Koffer hinaus und Mieke blieb vor mir stehen und hatte diese ängstliche Sorgenfalte zwischen den Augen.

„Mattis ...", sagte sie.

„Mieke", sagte ich.

„Das Taxi ist da", rief Annegret und spähte nach oben.

Hans stand neben Mieke und Jost stand neben mir. Gisela war vor dem Haus und verstaute Miekes Gepäck im Inneren des Taxis. Annegret kam nach oben.

„Dürfen wir uns vielleicht noch mal ... umarmen?", fragte ich schließlich verzweifelt und schaute auf den Boden dabei.

„Um Gottes willen!", sagte Annegret sofort mit Eiswürfelstimme und ich hasste sie dafür. Ich glaube, ich werde Annegret nie mehr mögen können.

„Natürlich", sagte Jost.

„Ja", sagte Hans.

Da nahmen Mieke und ich uns ein letztes Mal vorsichtig in die Arme.

Und dann ging Mieke. Sie würde eine Weile bei Oma Marijke und Opa Veit in Amsterdam leben und dort eine deutsche Schule besuchen.

Ich blieb zurück und verbarrikadierte mich den ganzen Abend und die ganze Nacht in Miekes verwaistem Zimmer. Ich streichelte Miekes verlassenen Kleiderschrank und ihren Schreibtisch, den Schreibtischstuhl und das leer geräumte Bücherregal. Ich streichelte auch den Teppichboden, dort, wo früher unser gemeinsames Etagenbett gestanden hatte, und ich verkroch mich zum Schluss in Miekes abgezogenem Bett und starrte mit meinen leer geweinten Augen an die weiße Zimmerdecke. Das ganze kleine Zimmer war von Miekes Abwesenheit überflutet, ich konnte kaum atmen.

November

Mieke rief niemals an, obwohl ich tagelang um das Telefon herumtigerte wie ein Wahnsinniger.

Dafür reiste Annegret eines Tages endlich ab und hatte noch den Nerv, missmutig darüber zu sein, dass Mieke es vorgezogen hatte, nach Amsterdam umzusiedeln, anstatt mit ihr nach Norddeutschland zu kommen.

Ich stand schweigend dabei, als sie ging.

„Das wird schon wieder, Martin", bequemte sich Annegret, ehe sie ins Taxi stieg, vage in meine Richtung zu sagen.

Da drehte ich mich abrupt um und ging zitternd vor Wut davon.

Ein paar Tage später platzte ich dann unvermittelt in ein Telefongespräch zwischen Mieke und Jost, als ich auf dem Weg zur Haustür ahnungslos durch die Diele ging. Ich blieb natürlich wie angewurzelt stehen und lauschte.

„Ich bin ganz sicher nicht wütend auf dich, Magdalena", hörte ich Josts beruhigende Stimme. Mein Vater hatte mir den Rücken zugewandt und stand mit dem Telefonhörer in der Hand am Fenster und schaute in den grauen, herbsttrüben und regenverschwommenen Garten hinaus. „Aber ich war natürlich furchtbar erschrocken, als Annegret mich in Berlin anrief und mir die ganze Sache in den Hörer gebrüllt hat, als wären mindestens zehn neunschwänzige Teufel hinter ihr her ..."

Plötzlich drehte mein Vater sich um und entdeckte mich auf meinem Lauscherposten an der Tür. Ich zuckte zusammen und wollte mich schnell aus dem Staub machen, aber Jost winkte mir zu, dass ich bleiben sollte. Da setzte ich mich vorsichtig und ziemlich nervös auf eine knarrende Lehne von Josts Sessel.

Jost lauschte schon wieder in den Telefonhörer und ich

187

ertappte mich dabei, wie ich mir alle Mühe der Welt gab, wenigstens einen winzigen Bruchteil von Miekes Stimme durch die Telefonleitung zu erahnen. Aber ich konnte sie nicht hören. Ihre Stimme war für mich so unerreichbar wie alles andere, was ich verloren hatte. Müde und schlapp saß ich da, mit hängenden Schultern, baumelnden Beinen und einer Menge zentnerschwerer, sinnloser Gliedmaßen. Denn wen würde ich in Zukunft umarmen? An wen würde ich mich anlehnen? Wer würde mein Gesicht streicheln und meine Tränen küssen?

„Nein, ich schäme mich auch nicht für euch", sagte Jost eindringlich zu Mieke. Ich hob den Kopf und blinzelte in Josts Richtung. Es kam mir fast so vor, als würde mein Vater plötzlich mit uns beiden reden. Mit Mieke und mit mir. Mit Mieke in Amsterdam und mit mir hinter seinem Rücken im dämmrigen Wohnzimmer.

„Warum habt ihr euch mir nur nicht anvertraut?", fragte Jost schließlich.

„*Was hätte das genützt?*", antwortete Mieke vielleicht.

„Dann hättet ihr uns schon früher getrennt", sagte ich.

„Das war Mattis", sagte Jost zu Mieke ins Telefon. „Er ist hier bei mir im Zimmer. Ja, er hört mir zu. Er hat gesagt, dass wir euch dann wahrscheinlich schon viel eher getrennt hätten ..."

„Hättet ihr nicht?", fragte ich und schaute Jost direkt ins Gesicht.

Jost schaute grübelnd zurück. „Wahrscheinlich hast du recht, Mattis", sagte er dann.

„Na siehst du", sagte ich und lächelte schwach. „Und so hatten wir wenigstens diesen einen Sommer!"

Ich drehte mich um und ging zur Tür. Obwohl ich eigentlich vorgehabt hatte, in die Stadt zu gehen und im Schülercafé nach Konrad und Jonas Ausschau zu halten, stolperte ich nach oben in Miekes Zimmer. Da, auf Miekes Fensterbank, saß der schmuddelige blaue Schlafschlumpf. Ich nahm ihn vorsichtig hoch und schaute ihn an. Es war ein Zeichen, ganz sicher war es ein Zeichen, dass Mieke ihn nicht mitgenommen hatte nach Amsterdam. Mieke war kein Kind, kein kleines Mädchen mehr. Unsere Zeit, unsere Kinderzwillingszeit war vorbei.

Diese wahnsinnige Nähe zwischen uns würde ganz sicher nie wiederkommen. Wir würden eines Tages neu lernen müssen, einfach nur Bruder und Schwester zu sein. Aber den Schlafschlumpf, die verrückten Umkehrtage, unserer Kuschelnachmittage im Sonnenblumenfeld und diese geheime Zwillingsliebe würde es nicht mehr geben.

Mit zitternden Händen bettete ich den Schlumpf in eine leere Kiste, die bei Miekes schnellem Auszug übrig geblieben war.

Dann schlich ich mit der Kiste in den Keller und holte aus einem verborgenen Winkel der Dunkelkammer jene Fotografien hervor, die Mieke und ich voneinander geknipst hatten, während wir uns liebten und zusammen schliefen. Über dreißig Bilder waren es. Ich stellte den Karton mit dem Schlumpf auf meinem Arbeitstisch ab und betrachtete mir im dämmrigen Licht Aufnahme für Aufnahme. Mieke und mein Körper eng aneinandergepresst, verschlungen. Meine Hände auf Miekes Bauch, Miekes Gesicht auf meiner Brust, Miekes Brust an meinem Mund. Eine Menge Bilder waren verwackelt. Zwei Bilder zeigten überhaupt nur verschwommen die Zimmerdecke, so aufgeregt und fahrig waren wir beim Fotografieren gewesen. Ich seufzte und streichelte mit den Fingern ein letztes Mal die nackte Mieke auf einem der Fotos.

Dann schob ich den Bilderstapel zum blauen Schlumpf in die Kiste und schaute mich anschließend suchend in der

189

Dunkelkammer um. Ich fand, was ich brauchte, und machte mich mit der Kiste unter dem Arm auf den Weg in Josts Arbeitszimmer. Jost selbst begegnete ich zum Glück nicht. Ich war froh darüber, dass er nicht dabeistand und mir zusehen konnte, wie ich das Zwillingsbrüllbild von seinem Schreibtisch klaute und in meiner Kiste verstaute. Statt des Brüllbildes stellte ich ihm zwei neue Bilder auf den Tisch. Links neben die Schachtel mit seinen Kohlestiften stellte ich eine Aufnahme von Mieke. Und sehr weit rechts, vor ein Glas mit Pinseln, stellte ich eine Aufnahme von mir.

Mieke und Mattis. Und doch nicht mehr Mieke und Mattis. Magdalena und Martin.

Ich seufzte und ging zurück in mein Zimmer. Das Letzte, was noch fehlte, fand ich in meinem Schreibtisch. Ich schlug das fast unberührte Schreibheft behutsam auf und las mir die einzige Eintragung, die darin stand, ungefähr tausendmal durch. *Ich habe mit Mieke geschlafen. Wir haben es wirklich getan. Und es war das Schönste, was mir jemals passiert ist.*

Schließlich legte ich das Schreibheft sorgfältig über den Schlumpf und über das Zwillingsbrüllbild und über die vielen geheimen Fotos, die da kreuz und quer in der Kiste verstreut lagen. Dann klebte ich die Kiste fest zu und schrieb mit einem dicken Filzstift *Mieke und Mattis van Leeuwen* darauf.

Jetzt steht die Kiste versteckt in einem dunklen Winkel auf unserem Speicher. Vielleicht wird sie irgendwann noch mal geöffnet werden. Vielleicht aber auch nicht. Vielleicht bleibt sie zu bis zum seligen Ende von allem. Vielleicht ist sie noch mal zu etwas nütze. Vielleicht nicht. Man wird sehen.

Dezember

Ich wunderte mich selbst darüber, dass ich mich nach und nach erholte. Tagelang hatte ich wie ein Roboter funktioniert. Ich war morgens aus meinem Bett gestiegen, zur Schule gestolpert, ich schrieb sogar sämtliche Klausuren mit und war dabei einigermaßen erfolgreich, ich fing wieder an zu essen und unternahm mit Jost und Gisela lange Spaziergänge am nahen Rhein.

Manchmal telefonierte Jost mit Mieke, aber mit mir wollte sie nie sprechen. Wahrscheinlich wollte sie einfach nur in Ruhe gelassen werden.

Hans hatte plötzlich auch eine Freundin, Gisela verkündete ein paar Tage vor Weihnachten, dass sie schwanger sei, und zog, obwohl Jost und ich völlig überrumpelt davon waren, bei uns ein.

Ich verbrachte immer noch eine Menge Stunden in Miekes Zimmer, aber Miekes Abwesenheit erschlug mich nicht mehr. Alles um mich herum wurde ein bisschen verschwommen, geriet weich und konturenlos durcheinander. Mein Erinnerungsvermögen an Miekes und meine Kinderzeit, das bisher immer und zu jeder Zeit abrufbar gewesen war, verschloss sich schonungsvoll, genauso wie die Erinnerung an den vergangenen Liebessommer.

An Silvester kam mich Katrin besuchen und wir verbrachten die Silvesternacht gemeinsam an meinem Dachlukenfenster. Es war friedlich und schön, obwohl Jost und Hans und Gisela und eine Menge lauter Gäste mal wieder einen irren Silvesterlärm veranstalteten.

Als draußen schon der Morgen dämmerte, spröde und vereist und kalt, da schlief ich tatsächlich zum ersten Mal mit Katrin.

Jana Frey, geboren im April 1969 in Düsseldorf, fing schon als Fünfjährige an mit dem Schreiben. Unzählige dieser sehr frühen Werke hat sie sich aufgehoben. Und seit damals hat sie geschrieben und geschrieben und geschrieben. Sie schrieb zu Hause in Deutschland, aber auch in Amerika und Neuseeland, auf der anderen Seite der Weltkugel. Zwischendurch hat sie Literatur studiert und eine Familie gegründet. Sie veröffentlicht Kinder- und Jugendbücher und arbeitet auch fürs Fernsehen. Mit ihrem Roman „Höhenflug abwärts" war sie 2004 für den Deutschen Jugendliteraturpreis nominiert.